GOLDMANN

Buch

Heinz Siemon ist ein Liebhaber von unschuldigen, blutjungen Mädchen. Seine sexuelle Vorliebe zwingt ihn zum Umgang mit kriminellen Subjekten, denen er nicht gewachsen ist.
Stefan Sieberg ist Staatsanwalt und steckt in einer schweren Lebenskrise. Seine Freundin hat ihn verlassen und er hält sich nur noch mit Alkohol und Drogen über Wasser. Die Begegnung mit der Tochter eines Angeklagten, der von ihm verurteilt wird, ihre haßerfüllten, peinigenden Blicke lassen ihn nicht mehr los und verändern sein Leben.

Klaus-Peter Wolf, der Wallraff unter den Literaten, beweist in seinem neuen packenden Roman einmal mehr seinen Mut zu aktuellen, kontroversen Themen, exzellent recherchiert und fesselnd erzählt.

Autor

Klaus-Peter Wolf, 1954 in Gelsenkirchen geboren, lebt als freier Schriftsteller und Drehbuchautor im Westerwald. Er schrieb zahlreiche Hörspiele und Drehbücher für Fernsehfilme sowie mehr als zwanzig Bücher, die in acht Sprachen übersetzt worden sind und international eine Gesamtauflage von über sechs Millionen erreicht haben.
Bei seinen Recherchen für den Roman »Traumfrau« trat Klaus-Peter Wolf als Mädchenhändler auf. Das erschreckend große Interesse seiner Klienten an asiatischen Frauen mit kleinen Kindern, welches beileibe nicht auf Kinderfreundlichkeit beruhte, motivierte ihn den Roman »Kapuzenmann« zu schreiben. Klaus-Peter Wolf, selbst Vater von zwei Töchtern, setzt sich in seinem neuen Roman mutig mit dem Thema des sexuellen Mißbrauchs von Kindern auseinander, indem er aus der Sicht des Täters erzählen läßt.

Bei Goldmann bereits erschienen:

Die Traumfrau (9977)
Beim ersten Kind wird alles anders (11649)

Klaus-Peter Wolf

Kapuzenmann

Roman

GOLDMANN VERLAG

Umwelthinweis:
Alle bedruckten Materialien dieses Taschenbuches
sind chlorfrei und umweltschonend.
Das Papier enthält Recycling-Anteile.

Der Goldmann Verlag
ist ein Unternehmen der Verlagsgruppe Bertelsmann

Genehmigte Taschenbuchausgabe

Umschlaggestaltung: Design Team München
Umschlagfoto: Guido Pretzl, München
Druck: Elsnerdruck, Berlin
Verlagsnummer: 42143
Lektorat: Ge/ob
Herstellung: Sebastian Strohmaier
Made in Germany
ISBN 3-442-42143-8

1 3 5 7 9 10 8 6 4 2

Dieses Buch
widme ich meinem Freund Ecki,
der mir mit vielen Gesprächen
geduldig zur Seite stand.

1

Seine Wahrnehmung verengte sich. Er sah nur noch das Kind. Alles andere versank in dunklem Blau. Es gab keine Möbel mehr, kein Tapetenmuster. Keine Wirklichkeit außerhalb. Keine Bedenken, keine Ängste und keine Hindernisse. Es gab nur noch ihn und das Kind. Sein Bewußtsein blendete alles andere aus, überließ es dem gefräßigen Blau.

Er liebte diesen hilflosen, flehenden Blick, den nur die ganz Jungen hatten, und auch die nur bei den ersten paar Malen, wenn ihr Verstand sich noch weigerte zu erfassen, was dem Körper geschah.

Die hier war anders. Abgewichst. Schon so oft durchgenudelt, daß sie die Routine einer Professionellen an den Tag legte. Das war gar nicht das, was er wollte. Er brauchte ihre Angst. Ihr Erschrecken. Er wollte erziehen. Sie dressieren. Einmal abgerichtet, interessierten ihn die Mädchen nicht mehr. Sein eigentliches Vergnügen lag darin, ihren Widerstand zu brechen. Dann konnten die anderen sie haben. Die Traumtänzer. Die Kinderficker, die sich bei jeder einreden mußten, es sei Liebe. Die nur konnten, wenn die Kleine es freiwillig tat, vielleicht sogar Spaß dabei hatte.

Über diese Typen grinste er. Mit denen hatte er nichts zu tun. Die faselten ständig etwas von »freier Sexualität«, wollten den Kleinen helfen, sich frühzeitig zu entfalten, die eigene Sexualität zu entdecken. Für ihn waren das Spinner, die nach Rechtfertigungsschweiß stanken und für alles eine Theorie brauchten. Selbst zum Ficken.

Unter diesen Kinderfreunden und Lutschbonbonverteilern war Stefanie sehr begehrt. Bei ihr konnte jeder noch so softe Lolitaliebhaber alle Schuldgefühle vergessen. Sie mimte sogar einen Orgasmus, wenn es sein mußte. Sie wußte, daß

sie dann noch größere Geschenke bekam. Nicht nur Bonbons. Oh nein. Manchmal war auch ein Kuscheltier drin oder eine kleine Reise.
So waren nur die asiatischen Püppchen. Mit fünf den ersten Freier und mit zehn bereits völlig versaut. Aber der Markt für deutsche Kinder war eng. Sehr eng, und es wurde auch immer gefährlicher.
Er kannte sie von zwei Videos. Schlechte Qualität wie meistens. Verwackelte Bilder, mieser Ton. Aber in den Filmen quiekte sie noch vor Angst, wenn der Mann, dessen Gesicht man nie sah, begann, sie mit seinem Ständer zu bearbeiten.
Jetzt war sie völlig zugeknallt. Er mochte es nicht, wenn sie die Kinder vorher mit Alkohol abfüllten oder mit Tabletten betäubten. Da konnte er ja gleich eine Gummipuppe bumsen. Er wollte ihre Reaktion spüren.
»He, wach auf! Sieh mich an!«
Er schlug ihr ins Gesicht. Zunächst nicht, um ihr weh zu tun. Nur um sie zu wecken. Dann schlug er heftiger zu. Kniff sie, verrenkte ihre Beine. Sie bewegte sich nicht.
Ein Teil seines Verstandes wußte schon, daß sie tot war. Aber der Rest weigerte sich, es auch zu glauben. Sie war nur ohnmächtig. Der Kreislauf. Wie oft hatte er gesagt, daß sie die Kinder nicht mit Drogen vollstopfen sollten. Diese Arschlöcher. Die hirnverbrannten Schweine. Sie hatten alles versaut.
Mit der Wut kam die Angst zurück. Das Blau verblaßte und gab das Zimmer frei. Das Bett. Die Uhr. Den Sessel. Die Leiche wirkte klein. Eine weggeworfene Puppe mit verrenkten Gliedern und wackeligem Kopf.
Für einen Moment wollte er dem Fluchtimpuls nachgeben und einfach nur abhauen, so viel Entfernung wie nur irgend möglich zwischen sich und den toten Körper bringen. Aber das war unklug. Er spürte, daß er die Angelegenheit nicht

Dieter überlassen durfte. Okay, der bekam tausend Mark für diese Ausleihe, aber er war unzuverlässig. Er besorgte immer astreine Ware, hatte nie Ärger mit der Polizei; aber in die Enge getrieben, würde er alles ausplaudern und jeden belasten.

Heinz Siemon kannte diese Figuren nur zu gut. Sie hielten keinem Druck stand. Das ganze geheimnistuerische Gehabe diente nur dazu, ihre Ängste und Schwächen zu verdecken. Dieter verkaufte seine eigene Tochter und die beiden Pflegekinder dazu. Er wirkte abgezockt, aber er war ein weinerlicher Weichling. Als Zuhälter erwachsener Huren undenkbar. Ein nervöses, magenkrankes Wrack.

Nein, Heinz Siemon mußte diese Sache allein regeln.

Er zog sich korrekt an. Band sich den Schlips um und zupfte an den Hemdsärmeln. Er mochte es, wenn sie zwei Zentimeter aus den Blazerärmeln ragten, so daß der Manschettenknopf halb zu sehen war. Er kämmte sich sorgfältig. Am liebsten hätte er sich ein After-Shave ins Gesicht geklatscht, aber es mußte auch so gehen. Man konnte schließlich nicht sehen, was er gerade getan hatte.

Schon halb im Flur drehte er sich noch einmal um; er ging zu dem leblosen Körper zurück, hob den Arm des Mädchens hoch und ließ ihn fallen, um sich ein letztes Mal zu vergewissern.

Keine Frage. Sie war tot.

Im Treppenhaus begegnete ihm niemand. Aber er war vorsichtig, schneuzte sich zum Schein mit einem großen Stofftaschentuch die Nase. Selbst wenn ihn jemand gesehen hatte: Zu identifizieren wäre er nicht gewesen. Das halbe Gesicht vom Taschentuch verdeckt und dann die dicke Brille ... Er fand seinen Trick intelligent und wirksam. Auch die neugierige Rentnerin hinter einem der Türspione konnte ihm nicht gefährlich werden.

In einem Supermarkt kaufte er zwei große Müllsäcke. In einem anderen breites Klebeband.
Er sah auf die Uhr. Er hatte für das Mädchen und für die Wohnung bis achtzehn Uhr bezahlt. Vorher würde Dieter nicht zurückkommen. Bis dahin mußte alles erledigt sein. Er würde sie in die große Mülltonne im Hof werfen. Mit einem bißchen Glück verschwand sie auf Nimmerwiedersehen. Warum sollte er versuchen, sie zu versenken? Warum sie vergraben? Die Entsorgung sollten Experten übernehmen. Leute, die dafür bezahlt wurden. Er lachte bitter bei dem Gedanken. *Ihre Müllabfuhr wünscht Ihnen ein glückliches neues Jahr.*
Klar, Dieter würde sein philippinisches Schmuckstück vermissen. Aber was sollte er tun? Zur Polizei gehen? Herr Kommissar, ich habe meine kleine Fickmaschine verloren; ich brauche sie; einer muß schließlich die Miete zahlen? Und selbst wenn, was wußte Dieter schon von ihm? Den Vornamen, viel mehr nicht. Wahrscheinlich konnte Dieter noch nicht einmal sagen, welche Zigarettenmarke er rauchte.
Außerdem hatte er ein hohes Eigeninteresse daran zu schweigen.
Wenn die Müllabfuhr ihre Sache gut macht, dachte Heinz Siemon, dann wird es später für ihr Verschwinden eine ganz simple Erklärung geben. Junges Mädchen. Nicht von hier. Beginnende Pubertät. Ausreißerin. Verschollen. Vielleicht hatte sie Heimweh und wollte in ihre Heimat zurück, als blinder Passagier an Bord irgendeines billigen Kahns.
Wieder sah er auf die Uhr. Er hatte noch fast zwei Stunden Zeit.
Stefanie, dachte er. So heißt doch kein philippinisches Mädchen. Komisch. Ich weiß nicht einmal ihren richtigen Namen. Vielleicht ist er unaussprechlich. Ich habe immer

nur gehört, wie Dieter sie Stefanie nannte, oder das kleine geile Luder.

2

Noch hoffte Stefan Sieberg, alles geheimhalten zu können. Doch schon glaubte er, in den Blicken seiner Kollegen ein mitleidiges Wissen zu entdecken. So mustert ein berufserfahrener Richter den verzweifelt leugnenden Angeklagten, wenn er zur letzten Lüge – zum großen Unbekannten – greift, obwohl er doch längst durch Indizien überführt worden ist.

Immerhin, das auffällige Zittern der Hände bekam er mit Distraneurin in den Griff.

Das Händezittern war noch schlimmer als die Schweißausbrüche, wenn die Hitzewellen einander jagten. Ein Staatsanwalt, der bei der Verhandlung schwitzte wie ein Pferd, sah wenigstens noch aus wie ein Arbeitstier. Vielleicht führten die Menschen im Saal es auf die Hitze unter seiner unmöglichen Robe zurück, auf seine geistige Anspannung, auf die Mühen seiner Entscheidungsfindung. Aber ein Staatsanwalt mit zitternden Händen wirkte wie jemand, der wissend das Unrichtige tut. Wie ein unsicherer Patron. Ein Beutetier für die hungrige Meute der Möchtegern-Staranwälte. Aber diese Blöße bot er ihnen nicht. Zwei gelbe Kapseln am Tag reichten aus, um seine Hände ruhig sein zu lassen.

Er fingerte nach seiner Brille, ertastete sie und setzte sie auf. Es war vier Uhr. Unmöglich, weiterzuschlafen. Er lag wach in nervöser Erwartung einer dubiosen Katastrophe, die nie kam, weil sie vermutlich längst da war.

Er drückte einen Lustigmacher aus dem Plastikstreifen. Mit

pelziger Zunge versuchte er, ihn trocken herunterzuwürgen, aber es ging nicht.
Neben ihm auf dem Nachttisch stand die Tequilaflasche. Es war noch ein guter Schluck drin. Genug für ein warmes Gefühl im Magen. Genug, um das eiserne Stirnband zu lokkern. Bestimmt genug für diese Kapsel mit dem gelben Pulver.
Er stieß bitter auf. Sandbomben nannte er das psychotrope Präparat. Sandbomben. Der goldene Tequila aus Mexiko paßte gut dazu. Freilich. Aber er hatte es sich abgewöhnt, die Tabletten mit Alkohol zu nehmen. Fast ganz abgewöhnt. Er machte nur manchmal eine Ausnahme. Jetzt zum Beispiel. Er trank einen kleinen Schluck Tequila, um den üblen Geschmack im Mund loszuwerden, legte sich dann die Sandbombe hinten auf die Zunge und spülte sie mit dem Rest hinunter. Wie nach einer schweren Arbeit ließ er sich geschafft ins Bett zurückfallen. Die Sprungfedern quietschten.
Er wartete auf den Schlaf, aber der kam nicht.
Der Druck im Kopf pochte in den Ohren. Seit er nur noch eine halbe Flasche pro Tag trank, wurden die Nächte immer kürzer. Er brauchte kaum noch Schlaf. Nein, falsch. Er brauchte ihn schon, aber es gelang ihm kaum noch, wirklich tief einzuschlafen. Je krampfhafter er es versuchte, um so unruhiger wurde er.
Per Fernbedienung schaltete er das Fernsehen ein. Er konnte fünfzehn Programme empfangen.
Ein kurzer Ritt über die Wellen. Testbilder. Schnee. Zwei Musikclips. Nein. Das war jetzt genau das Falsche für ihn. Diese hektischen Bilder mit den hämmernden Rhythmen taten weh.
Er stand auf. Er brauchte noch einen großen Schluck, um Ruhe zu finden. Er blieb vor seiner Wohnzimmerbar ste-

hen. Kurz prüfte er die Flaschen. Gin. Weinbrand. Er entschied sich für den Bourbon. Die Flasche wäre ihm fast aus den schwitzenden Händen gerutscht. Er unterdrückte einen Fluch, als hätte er Angst, jemanden zu wecken. Er warf einen Blick auf die Uhr. Vier Uhr zwanzig.

Hart stellte er die Bourbonflasche zu den anderen zurück. Er kam sich dabei fast heldenhaft vor. Als hätte er soeben ein Duell gewonnen. Wenn er um diese Zeit weitertrank, würde er seinen Dienst nicht bewältigen. Das war klar, und er durfte nicht auffallen. Ein saufender Staatsanwalt war untragbar, beleidigte die Ehre des Gerichts.

Er schlurfte zum Bett zurück und rollte sich zusammen wie eine Katze. Das verschwitzte Kopfkissen knüllte er zwischen Brust und Beinen zusammen.

Er würde aufhören mit der Trinkerei. Ja, er schwor es sich. Er hatte schon fast ganz damit aufgehört. Von einer Flasche pro Tag auf eine halbe, das schaffte so leicht kein Alkoholiker. Das mußte ihm erst mal jemand nachmachen. Er kicherte.

Er war kein Alkoholiker. Er doch nicht. Er konnte aufhören. Jederzeit. Wenn er nur wollte. Jawohl! Jederzeit.

Aber wie sollte ein sensibler, intelligenter Mensch wie er die Welt ertragen, ohne sich ab und zu vollzudröhnen? Er war Brillenträger, und er litt darunter. Gab es Kinohelden mit Brille? Ja, klar, Komiker wie Woody Allen. Traurige Figuren. Sentimentale Verlierer. Aber konnte sich jemand James Bond mit Brille vorstellen? Höchstens aus Tarnungsgründen. Nicht einmal in Pornofilmen gab es gute Rollen für Brillenträger. Eine Zeitlang hatte er es mit Kontaktlinsen versucht. Aber er vertrug die Dinger nicht. Ständig mit verheulten Augen herumzulaufen erschien ihm demütigend.

Er wälzte sich herum. Legte sich auf den Rücken. Knubbelte das Kissen unter seinen Kopf und starrte die Decke an.

Vielleicht sollte er doch noch einen Drink nehmen? Nur einen kleinen.
Er mußte heute sein Plädoyer halten. Verletzung der Buchführungspflicht. Kreditbetrug. Urkundenfälschung.
Im Grunde tat der Typ ihm leid. Mit zweiundvierzig Jahren stand er vor den Trümmern seiner Existenz. Mit seiner Heizungsbaufirma hatte dieser Helmut Riedel sich mühsam hochgearbeitet. Ständig unterkapitalisiert stopfte er ein Loch, indem er ein neues aufriß. So ging es wohl den meisten kleinen Klitschen. Einen Bruch hatte er sich gehoben, als er für sich und seine Familie ein Häuschen im Grünen baute. Zur Absicherung der hohen Schulden hatte er Lebensversicherungsverträge gebraucht. Zuletzt war der gute Mann auf zwei Millionen versichert. Das schnuckelige Haus gehörte längst vollständig der Bank. Wenn er an diesem Punkt aufgegeben hätte, wäre strafrechtlich alles in Ordnung gewesen. Aber nein, der Herr nahm neue Kredite auf, fälschte seine Auftragsbücher. Schönte die Buchführung oder unterließ sie ganz und schädigte so immer mehr Gläubiger.
Auch dafür wäre er noch mit Bewährung davongekommen. Kreditbetrug. Herrje, welcher Geschäftsmann ging denn schon zur Bank und sagte: »Mir steht das Wasser bis zum Hals, bitte leihen Sie mir Geld.«
Stellte da nicht jeder seine Zukunftsaussichten rosiger dar, als sie waren? Hatte nicht die Bank auch eine Sorgfaltspflicht? Und die unordentliche Buchführung ... Sechs Monate auf Bewährung höchstens hätte er beantragt. Drei hätte Riedel dann gekriegt. Aber bei dem Herrn kam mehr dazu.
Urkundenfälschung. Als die Aufträge ausblieben, stellte er sich selbst welche aus und belieh sie bei der Bank. Eine Weile ging das gut. Fast ein Jahr lang sogar. Überhaupt stellte sich

die Frage, ob man bei so viel Blauäugigkeit seitens der Bank nicht von einer Mitschuld reden konnte.
Aber aus der Urkundenfälschung konnte Riedel sich nicht herausreden. Mindestens zwanzig Verträge hatte er über einen Zeitraum von zwölf Monaten zurechtgezaubert. Er konnte kaum noch Zeit für die eigentliche Geschäftsführung gehabt haben. Das Jonglieren mit echten und falschen Zahlen mußte ungeheure Energien und Nerven gekostet haben. Trotzdem war Riedel auf der Verliererstraße.
Das Haus konnte er vergessen. Die Lebensversicherungen natürlich auch, und trotzdem würden noch zwei bis drei Millionen Minus an ihm privat klebenbleiben. Der Dummkopf hatte ja für jeden Blödsinn gebürgt. Wozu gründete er erst eine GmbH, wenn er dann für alles persönlich bürgte?
Stefan Sieberg stand auf und nahm nun doch einen Drink. Einen wirklich klitzekleinen. Er würde zwei Jahre für Riedel fordern. Zwei Jahre ohne Bewährung. Er fand sich milde. Bis zu fünf Jahren wären drin. Schließlich hatte Riedel nicht nur einmal – in höchster Not – zum Mittel der Urkundenfälschung gegriffen. O nein. Der Herr tat das regelmäßig.
Trotzdem hatte dieser Mensch ihn beeindruckt. Wie der da saß, so selbstbewußt, fast ein bißchen beleidigt. Ganz Gentleman. Alle seine Mitarbeiter hielten zu ihm.
Das gab es kaum. Während fünf Verhandlungstagen hatte kein Angestellter ein böses Wort über ihn verloren. Weder Putzfrau noch Sekretärin. Weder Monteur noch Fahrer. Er mußte ein vorbildlicher Chef gewesen sein. Ruhiger Führungsstil. Scheinbar antiautoritär. Immer einen Scherz auf den Lippen. Stets großzügig. Wären da nicht seine Gläubiger gewesen, die Galerie der Geschädigten, die Industrie- und Handelskammer hätte mit Helmut Riedel Werbung machen können für ein neues Unternehmerbild.

Der feine, nette Chef. Ganz Mensch.
Wahrscheinlich steckten die alle unter einer Decke. Irgendwo mußte das Geld ja geblieben sein. Trotz der Kreditbetrügereien kam Riedel angeblich auf keinen grünen Zweig. Konten in der Schweiz oder anderswo leugnete er beharrlich und glaubwürdig. Er war eine von diesen Durchhaltefiguren. Hätte er nur noch ein paar tausend Mark besessen, er hätte weitergemacht und den Konkursantrag erst eine Woche später gestellt.
Komisch, warum hatte eigentlich nicht viel eher einer der Gläubiger versucht, den Laden hochgehen zu lassen? Vollstreckbare Titel gab es genug ... Hatte er die etwa auch alle bis zuletzt mit seinem Charme beeinflußt?
Stefan Siebergs Finger waren ruhig genug. Er fischte das Zigarettenpapier aus dem Tabaksbeutel und begann, sich einen Glimmstengel zu drehen. Die Zigaretten aus der Pakkung mochte er immer noch nicht. Er leckte das Papier an. Es entsprach zwar nicht seinem Status, Selbstgedrehte zu rauchen, aber vielleicht tat er es gerade deshalb, als kleinen, stummen Protest gegen die schleichende Anpassung.
Irgend etwas an diesem Riedel reizte ihn zur Weißglut und faszinierte ihn gleichzeitig. Manchmal war der Kerl direkt zu beneiden. An jedem Prozeßtag saß seine Frau im Zuschauerraum. Flankiert von den beiden Kindern. Stefan Sieberg fand sie überaus attraktiv. Einmal erwischte er sich dabei, daß er, während ein geprellter Autovermieter seine Aussage machte, gedankenverloren auf Frau Riedels Beine starrte. Sie trug stets Röcke. Jeden Tag einen anderen.
Stefan Sieberg riß ein Streichholz an und sog den Tabaksqualm gierig ein.
Garderobe hatte die Dame jedenfalls genug. Immer paßte der Lippenstift farblich genau zum Rock und zu den Pumps. Man konnte nicht gerade sagen, daß sie aus der Ver-

handlung gegen ihren Mann eine Modenschau machte, aber sie achtete sehr auf ihr Äußeres.

Die Tochter, knapp dreizehn, wirkte schon ganz wie die Mutter. Wenn auch ungeschminkt und sehr blaß. Sie weinte manchmal still vor sich hin und zerzupfte mit ihren Fingern ein Tempotaschentuch.

Sie tat ihm leid.

Der Bruder dagegen, kurz vor seinem fünfzehnten Geburtstag, erschien eher ungepflegt. Ein Wildfang. Jeans und Turnschuhe. Abgeschabte Lederjacke.

Doch auch er war Teil dieser verschworenen Gemeinschaft. Die hielten alle drei gnadenlos zum Angeklagten. In ihren Augen war er unschuldig. Höchstens ein Opfer der Verhältnisse.

Der Druck hinter den Augäpfeln ließ langsam nach. Oder gewöhnte er sich nur daran?

Wußte dieser Riedel eigentlich, wie beneidenswert glücklich er sich schätzen konnte, so eine loyale Familie zu haben und so treue Mitarbeiter? Als die Halbtagssekretärin in den Zeugenstand gerufen wurde, hatte sie dem Angeklagten einen bunten Strauß Frühlingsblumen mitgebracht. Stumm hatte sie ihn vor Helmut Riedel auf den Tisch gelegt. Das war erst drei Tage her. Sieberg hätte schreien können vor Wut. Die Vernehmung der Zeugin war reine Zeitverschwendung gewesen. In den Polizeiakten hatte sie Riedel noch – unwissentlich – belastet. Jetzt, da sie sich der Tragweite ihrer Aussage bewußt geworden war, widerrief sie sie einfach. Bei der Polizei sei sie so aufgeregt gewesen. Man habe ihr diesen Quatsch quasi in den Mund gelegt. Nein, auf ihre Rechte sei sie dort nicht hingewiesen worden.

»Wenn das so weitergeht, wird sie gleich behaupten, gefoltert worden zu sein!« stöhnte ein Prozeßbeobachter der Sparkasse im Hintergrund.

Richter Oker, intern auch Pokerface genannt, verlor fast die Fassung. Er walkte sein Gesicht durch und forderte die Zeugin auf, die Wahrheit zu sagen. Sie könne auch vereidigt werden.
Sie nickte und zwinkerte dem Angeklagten Riedel zu. Diese Frau war nicht mit Geld bestochen worden. O nein! So einfach lag die Sache nicht. Sie mochte den Angeklagten. Das war alles. Vermutlich hatten die beiden nicht einmal ein Verhältnis miteinander gehabt. Sie wollte ihm nur nicht schaden.
Stefan Sieberg hatte mißmutig auf die weitere Vernehmung der Zeugin verzichtet. Es kam ihm vor wie eine Kapitulation vor dem Angeklagten. Aufrecht, mit wachen Augen, verfolgte Riedel die weitere Verhandlung wie ein spannendes Fußballspiel.
Er nickte seiner Halbtagssekretärin freundlich zu. Besondere Dankbarkeit lag nicht in seinem Blick. Er schien ihr Verhalten eher als Selbstverständlichkeit zu empfinden. Als hätten die Dinge ihre natürliche Ordnung zurückbekommen. Die belastende Aussage der Sekretärin war damit vom Tisch.
Alles andere hätte Stefan Sieberg ertragen, aber dieses triumphale Lächeln machte ihn fertig. Wer saß hier eigentlich über wen zu Gericht?
Was bildest du dir ein, Riedel? Wie kannst du es wagen, mich so frech anzugucken? Weißt du nicht, daß bei deinen Straftaten genausogut fünf Jahre drin sind? Ja! Das wäre die Höchststrafe.
Er drückte die Zigarette mit dem Zeigefinger im vollen Aschenbecher aus. Dabei glaubte er, ein leises Quietschen zu hören, als würde sich die Glut weigern zu sterben. Diese Selbstgedrehten hatten manchmal etwas erschreckend Lebendiges an sich.

Er zog seinen Finger aus dem Aschenbecher zurück wie aus einer Schlangengrube.
Meine Ermessensspielräume sind groß, Riedel, reiz mich nicht bis zum Äußersten. Natürlich würde der Richter so einem Antrag niemals folgen, aber trotzdem ... Ich kann es dir schwermachen. Besser, du schaust mich nicht mehr so an. Was willst du mit diesem verächtlichen Siegerlächeln ausdrücken?
Stefan hatte sich die Frage schon hundertmal selbst beantwortet.
Helmut Riedel konfrontierte ihn allein durch die Unverschämtheit seiner Existenz mit der Frage: Wer würde in einer solchen Situation zu dir halten, Stefan? Wäre jemand bereit, für dich zu lügen? Hast du auch Leute, die von dir so gut reden? Menschen, die Anteil nehmen an deinem Leben, Menschen, denen du etwas bedeutest? Wenn du an meiner Stelle wärst, wer würde zu dir halten? – Du kennst die Antwort besser als dich selbst: niemand. Du würdest verstoßen werden. Ein Aussätziger. Pfui!
Er goß sich einen Whiskey ein.
Wenn dieser Riedel ihn nicht so aufgeregt hätte, könnte er jetzt schlafen, statt sich die Nacht mit einer Flasche um die Ohren zu hauen.
Morgen ist der Spuk vorbei, sagte sich Stefan Sieberg. Morgen wird der Sonnyboy die Quittung erhalten und dann für eine Weile mit seinem höhnischen Grinsen hinter Gittern verschwinden.
Er versuchte noch einmal, sich schlafen zu legen. Es war jetzt halb fünf. Um acht Uhr mußte er topfit sein. Er wollte Helmut Riedel den Triumph nicht gönnen, vor einem verkaterten Staatsanwalt zu stehen.
Neben seinem Kopfkissen warteten drei Wecker auf ihren Einsatz. Sie meldeten sich fein abgestimmt im Abstand von

drei Minuten. Der erste erwischte ihn mitten in dem Abschiedstraum. Es war wie eine Erlösung. Er träumte diese häßliche Szene mindestens zweimal pro Woche.
»Guck dich doch an! Wie du aussiehst! Wie eine Trauerweide! Alles an dir hängt!« schrie Susanne, als das Weckerrappeln ihn aus dem Schlaf riß.
Er schreckte hoch, saß aufrecht im Bett und brüllte: »Kanaille!« Für Sekunden konnte er Traum und Wirklichkeit nicht voneinander unterscheiden.
Am liebsten hätte er sie jetzt gewürgt, aber sie war zum Glück nicht da. Unwahrscheinlich, daß sie es jemals wagen würde zurückzukommen, nach allem, was sie ihm angetan hatte ... Wahrscheinlich schlief sie inzwischen auch nicht mehr mit ihrem Tennislehrer. Vielleicht war jetzt ihr Yogameister dran oder der Freund ihrer besten Freundin, falls sie den nicht schon längst vernascht hatte.
Mit harten Schlägen drückte er die Weckvorrichtungen aller Wecker aus, dann erhob er sich mühsam aus dem Bett. Er schlurfte schwerfällig ins Badezimmer und blickte – auf das Waschbecken gestützt – in den Rasierspiegel.
Alles war anders, als es hätte sein sollen. Er sah übel aus. Fühlte sich, als hätte er eine tote Katze gegessen. Blei in den Knochen. In seinem Magen taute ein scharfkantiger Klumpen Eis. Er war verkatert, verschwitzt und übel gelaunt.
Er hatte noch genau sechzig Minuten.

3

Helmut Riedel wirkte an diesem letzten Verhandlungstag nur ein wenig blasser als sonst. Falls er nervös war, sah man es ihm kaum an.
Wieso fühlt der sich besser als ich? fragte sich Stefan Sieberg säuerlich. Warum, verdammt noch mal, habe ich mehr Angst vor meinem Plädoyer als der? Ich bin der Staatsanwalt. Er ist der Angeklagte. Basta!
Im Flur sprach ein Reporter den Angeklagten an: »Mit welchen Gefühlen gehen Sie in den letzten Verhandlungstag?«
Fast verwundert sah Helmut Riedel den Journalisten an. Er zuckte mit den Schultern und sagte lächelnd: »Nun, sehen Sie, meine Frau liebt mich. Meine Kinder lieben mich. Was hat ein Mann dann zu befürchten?«
In Stefan Siebergs Schläfen pochte etwas. Eine Giftschlange schien sich durch seine Gefäße zu winden. Sie verursachte einen Blutstau. Dehnte, wo sie sich befand, die Adern bis zum Bersten. Er hatte fünf Aspirin C in Wasser aufgelöst und getrunken. Aber Aspirin half ihm schon lange nicht mehr.
Normalerweise nahm er den zweiten Stimmungsaufheller erst in der Mittagspause, um den Rest des Tages zu überstehen. Heute schluckte er ihn schon kurz vor Verhandlungsbeginn auf der Toilette.
Richter Oker hatte ihn im Flur so komisch angesehen. Ob er etwas bemerkt hatte? Und dieses demonstrative Naseputzen. Hatte Pokerface damit sagen wollen: »Du hast eine Fahne, Stefan. Schon wieder. Zum dritten Mal in dieser Woche! Dein Körper dünstet Schnaps aus. Du riechst wie ein Brauereipferd.«
Nein, das konnte nicht sein. Wie jeden Morgen hatte er ausgiebig geduscht, sich die Haare zweimal mit Shampoo

gewaschen und eine herbe Körperlotion benutzt. Wahrscheinlich reichte schon allein das Rasierwasser aus, um jeden anderen Geruch zu überlagern. Er hatte sich die Zähne heftig geputzt, bis das Zahnfleisch blutig war. Er hatte mit Mundwasser gegurgelt und ...

Natürlich, Pokerface spielte gar nicht auf seinen Geruch an. Er machte sich über seine Nieserei lustig. Ja, genau. Das war es. Eine gemeine Anspielung.

Der Niesreiz kam meistens erst nach der Mittagspause, wenn die trockene Klimaanlagenluft unerträglich wurde, wenn er die zweite Sandbombe genommen hatte und die Schleimhäute langsam brüchig wurden.

Sie waren alle gekommen. Feingemacht wie für eine Hochzeit. Frau, Sohn, Tochter, Halbtagssekretärin, Ganztagssekretärin, zwei Monteure. Sogar die Putzfrau und der Steuerberater waren erschienen. Hinter ihnen, fast ein wenig verschämt in die Ecke gedrängt, der Vertreter der Sparkasse und der Konkursverwalter.

Die ganze Bande hält zu ihm! hämmerte es in Stefan Siebergs Kopf. Sieh dir nur an, wie die lauern. Sie rechnen mit einem Freispruch. Garantiert wartet draußen ein blumengeschmückter Wagen auf ihn. Vor seiner Haustür hängt ein »Herzlich-Willkommen«-Schild. Von den Kindern selbstgemalt. Vermutlich hat sie seinen Lieblingskuchen gebakken. Ich halte jede Wette, daß der Champagner kalt liegt. Sie brennt darauf, ihn heute nacht für die paar Tage U-Haft zu entschädigen. Wahrscheinlich hat sie die Reizwäsche schon an.

Aber ich werde euch einen Strich durch die Rechnung machen. Ich, Stefan Sieberg, der verlassene Säufer.

Dann hörte er sich reden. Erst noch stockend und unsicher, ganz am Papier klebend. Dann plötzlich frei, dafür schärfer, klarer formulierend. Er sah das Erschrecken in ihren Augen.

Spürte, wie dieser Sonnyboy sich langsam unwohl in seinem Jackett fühlte, wie er auf dem Stuhl zu schrumpfen begann. Ja, er hatte endlich einen Gegner gefunden. Einen, den er nicht mit Charme und Umgangsformen blenden konnte. Sogar Richter Oker merkte beeindruckt auf. Setzte sich aufrecht hin. Korrekter als sonst, als müsse er in Anbetracht dieser geschliffenen Rede Haltung bewahren.
Dann hörte Stefan Sieberg sich selbst den Strafantrag formulieren: vier Jahre.
Na, sah er da endlich eine Spur Angst in Helmut Riedels Augen? War seine Frau wirklich zusammengezuckt, oder strich sie sich nur das Kleid über den Schenkeln glatt? Brach ihnen der Angstschweiß aus? Oder funktionierte ausgerechnet in diesem erhebenden Moment die Klimaanlage mal wieder nicht?
Seine Hände zitterten kaum, und auch seine Stirn blieb fast trocken. Er fühlte sich von Satz zu Satz besser. Endlich!
Er schloß befriedigt seine Akten. Da sprang Riedels Tochter auf. Sie öffnete den Mund, brachte aber keinen Ton heraus. Trotzdem, ihre Körperhaltung war so herrisch, ihr Blick so furchteinflößend, daß Stefan Sieberg auf seinen Stuhl zurückfiel, als sei er von einem Baseballschläger getroffen worden. Ihr Blick zwang ihn, sie anzusehen. Eine unergründliche Kraft loderte in ihren Augen. Viel stärker, als Stefan Sieberg es je bei einem Kind vermutet hätte, oder überhaupt bei einem Menschen.
Sie blieb stehen und starrte ihn ununterbrochen an. Dann kam der Niesreiz. Den Rest der Verhandlung erlebte er wie eine schlechte Fernsehübertragung. Als er sich Otriven in die Nase sprühte, nickte Pokerface ihm fast mitleidig zu. Erst jetzt merkte er, daß er einen kleinen Urinstrahl in seine Unterhose verloren hatte. Nur ein paar Tropfen, aber er schämte sich trotzdem. Das war ihm noch nie passiert.

Es war das Kind. Sie war schuld. Ganz eindeutig. Ihr Blick hatte ihn für den Bruchteil einer Sekunde die Kontrolle über seine Schließmuskeln verlieren lassen.
Er nutzte die Pause, um sich auf der Toilette kalt abzureiben und seine Unterhose in den Abfall zu werfen, obwohl sie nur einen winzigen gelben Fleck aufwies. Er wollte dieses Indiz für seine Schande rasch vernichten.
Er schluckte noch eine Sandbombe und hörte dann den Urteilsspruch: drei Jahre ohne Bewährung.

4

Er hockte hinter dem Lenkrad wie hypnotisiert. Er brauchte unendlich lange, um den Zündschlüssel ins Lenkradschloß zu stecken. Dreimal pumpte er mit dem Gaspedal Benzin, drehte aber den Zündschlüssel nicht. Er fühlte sich kraftlos wie nach schwerer körperlicher Arbeit. Er starrte durch die Fensterscheibe nach draußen ins Leere.
Das Gesicht des Mädchens ließ ihn nicht in Ruhe. Dieser Blick voller Haß und Verachtung. Die Härte in dem Kindergesicht.
Während des Prozesses hatte sie introvertiert gewirkt. So, als würde sie längst nicht alles mitkriegen und erst recht nicht alles verstehen. Ihre schwarzen Haare fielen, in der Mitte gescheitelt, phantasielos glatt herab und verdeckten meistens ihr Gesicht wie eine dicke Gardine. Bis zu ihrem plötzlichen Ausbruch hätte er nicht einmal die Farbe ihrer Augen nennen können. Dieses lodernde Braun. Schwarzes Feuer. Während all der Verhandlungstage hatte sie unscheinbar neben ihrer Mutter gesessen. Aber dann ... Erneut spürte er eine Gänsehaut kribbelnd seinen Rücken hochkriechen bis zu den Armen, gefolgt von einer Hitzewelle.

Er klappte die Sonnenblende herunter. Dahinter befand sich ein kleiner Spiegel. Er sah seine fiebrigen Augen, die blutunterlaufenen Ränder, und er fühlte sich augenblicklich krank. Er gehörte ins Bett. Am besten gleich für ein paar Tage. Er beschloß, jetzt alles langsam, Punkt für Punkt, durchzuziehen.
Erstens: zum Supermarkt fahren. Er mußte dringend einkaufen. Obst. Jawohl! Ihm fehlten Vitamine. Ich muß sie mir schon selbst besorgen, dachte er grimmig. Um mich kümmert sich niemand. Es kam ihm vor wie eine Erleuchtung. Wie ein äußerst origineller Gedanke: Er würde sich gesunde Nahrung kaufen. Keinen Dosenfraß. Nur frische Sachen. Obst, Gemüse, Joghurt.
Zweitens: Er würde seinen Freund Muffhardt anrufen und um ein Attest bitten.
Drittens: die Wohnung lüften.
Viertens: alle Rolläden herunterlassen.
Fünftens: schlafen.
Er drehte den Zündschlüssel im Schloß. Der Motor heulte auf, statt zu surren wie sonst. Er legte den ersten Gang ein. Er konnte kaum etwas sehen. Dieses unnatürliche Flirren in der Luft! Er wußte, es war nicht wirklich da. Es war in ihm. Seine Sicht der Dinge. Da mußte er durch.
Da! War sie das? Überquerte sie dort die Straße?
Er wischte sich mit der feuchten Hand übers Gesicht.
Reiß dich zusammen. Du kriegst eine Grippe. Mehr nicht. Ein bißchen Bettruhe, und du stehst wieder wie eine Eins. Das war sie nicht. Und selbst wenn sie es war?!
Was soll's? Du hast ihren Vater nicht verurteilt. Der Richter war es. Pokerface. Es lief alles im Rahmen der Gesetze ab. Ganz legal.
Und warum fühlst du dich dann, als hättest du soeben einen Mann gelyncht? Als Rädelsführer an der Spitze des Pöbels?

Du und Lynchjustiz, ausgerechnet ...
Er steuerte den Wagen aus der Parklücke vor dem Gerichtsgebäude. Knirschen. Metall auf Metall. Auch das noch! Der Wagen von Pokerface. Warum parkt der Blödmann auch so doof? Stoßstange an Stoßstange.
Stefan Sieberg reagierte den aufwallenden Zorn augenblicklich am Lenkrad ab. Mit beiden Fäusten hieb er dagegen. Wieder falsch. Er löste die Hupe aus. Das nervtötende Geräusch wollte nicht abreißen. Wie das Jaulen eines verletzten Tieres klang es. Erst ein erneuter Schlag ließ es ersterben. Jetzt schmerzte seine rechte Hand. Er schüttelte sie. Hoffentlich habe ich mir keinen Finger gebrochen. Scheiße, Pokerface.
Er klopfte an die Scheibe. Nicht übermäßig wütend. Sichtlich gefaßt. Nur ein kleiner Blechschaden. Er hatte nicht einmal in seinem Wagen gesessen, als es geschah, hatte gerade erst einsteigen wollen. Juristisch alles völlig eindeutig. Siebergs Versicherung würde zahlen.
Der Schaden war eine Lappalie. Aber Stefan Sieberg wußte nicht, woher er die Kraft nehmen sollte, jetzt die Formalitäten durchzustehen. Jedes Wort war ihm lästig. Jede Geste zuviel.
Ja klar, seine Versicherung würde alles regeln, versprach er, aber er sei in Eile. Furchtbar unter Druck.
»Ist Ihnen nicht gut? Sind Sie krank, Herr Kollege? Kann ich Ihnen behilflich sein?«
Stefan Sieberg hätte ihm am liebsten eine reingehauen. Von wegen Herr Kollege. *Kann ich Ihnen behilflich sein?* Komm mir bloß nicht auf die Tour! Davon träumst du nachts, hä? Den gebrechlichen Stefan Sieberg zum Arzt zu bringen. Am besten wie einen alten Tattergreis. Schön am Arm bleiben, Herr Kollege. Sie können sich gern an mir festhalten. Hau ab, Pokerface! Zieh Leine!

»Tut mir leid. Ich ... ich fühle mich wirklich nicht wohl. Ich denke, ich gehöre ins Bett. Glaube kaum, daß ich morgen ...«
»Sie sollten aber jetzt nicht fahren. Ich bringe Sie gern nach Hause. Wir könnten dann auch die versicherungstechnischen Fragen ...«
O nein. Nur das nicht. Neben dir im Auto stehe ich keine zwei Minuten durch. Hau ab. Laß mich allein.
»Wirklich, sehr freundlich von Ihnen, aber ich glaube, es geht schon wieder.« Stefan Sieberg atmete schwer aus, als müsse er einen imaginären Luftballon aufblasen.
Er merkt etwas. Er merkt ganz bestimmt etwas. Du benimmst dich wie ein Idiot.
»Können wir die Versicherungsnummern nicht ein andermal austauschen? Ich ...«
Guck nicht so belämmert. Ich hau dir gleich eine rein. Wenn der nicht bald aufhört zu quatschen, fange ich an zu heulen, oder ich hau ihm in die Fresse.
» ... «
Stefan Sieberg sah Pokerface gestikulieren. Sah ihn sprechen. Hörte sogar seine Stimme, doch er konnte den Code nicht dechiffrieren. Er verstand plötzlich die Sprache von Pokerface nicht mehr. Alles hörte sich an wie sinnloses Geblubbere. Laut und inhaltsleer. Gern hätte Stefan Sieberg sich die Ohren zugehalten und die Augen zusammengekniffen. Aber der Zwang, sich konform zu verhalten, alles irgendwie normal aussehen zu lassen und nicht noch mehr aufzufallen, nahm ihm auch diese Möglichkeit.
Erst an der Ampel ging es ihm besser. Jetzt ärgerte er sich, die Situation nicht durchgestanden zu haben. Die Peinlichkeit war kaum zu überbieten. Pokerface mußte es als Flucht gewertet haben. Wie sollte er ihm nach diesem Abgang wieder unter die Augen treten?

Hupen. Hinter ihm schnauzte jemand: »Penner! Mach zu!«
Erneutes Hupen. »Idiot, verdammter!«
Jetzt fordernder. Er war froh über die Beschimpfungen. Immerhin nahm er wieder klar auf, was die Leute von ihm wollten.
Der Wagen schoß auf die Kreuzung.
Zum Supermarkt ging es nach links. Er hatte sich falsch eingeordnet. Jetzt zog er ohne Blick in den Rückspiegel links rüber. Er nahm dem Gegenverkehr die Vorfahrt.
Bremsen. Hupen. Drohungen. Er ignorierte alles und gab Gas. Nur die Sache schnell hinter sich bringen. Endlich die Wohnungstür hinter sich schließen können. Keine Sekunde länger durchhalten müssen.
Einen Moment lang zögerte er. Sollte er am Supermarkt vorbeifahren? Scheiß auf Obst und Gemüse!
Nein. Diese Niederlage wäre für heute zuviel gewesen. Plötzlich kam er sich lächerlich vor. Warum sollte er es nicht schaffen einzukaufen?
Ein gesundes Leben beginnt jetzt. Los! Keine faulen Ausreden!
Fröhlich tänzelnd und aufrecht schritt er die Regalreihen ab. Zielstrebig schob er den Einkaufswagen auf die Obsttheke zu. Diesmal mied er die langen Spirituosenregale. Für gewöhnlich füllte er hier seine Bar auf. Auch die Einladung zu einer Weinprobe lehnte er lachend ab, als sei es für ihn das Letzte, am hellichten Tag Alkohol zu trinken.
Er packte Bananen, Weintrauben, Äpfel und Kiwis in seinen Wagen. Er atmete tief durch, roch an den Äpfeln und fühlte sich besser.
Ich schaffe es. Das wäre doch gelacht. Morgen früh rufe ich Pokerface an und entschuldige mich in aller Form. Ich könnte ihn zum Essen einladen. Vielleicht in dieses Argen-

tinische Steakhouse. Hat er nicht davon gesprochen? Steak mit Langustenschwanz? Eigentlich ist ja gar nichts Schlimmes passiert. Wir haben einen kleinen Wirtschaftsgauner vielleicht ungewöhnlich hart rangenommen. Seine Tochter hat mich wütend angeguckt. Ja, und?

Er stand jetzt vor den Kühlfächern mit Milchprodukten und lachte laut über sich selbst. Lachen befreit. Er wurde angestarrt, aber das machte ihm nichts aus. Es erheiterte ihn sogar. Die Welt kam ihm vor wie ein riesiger Witz.

Joghurt. Erstaunt stand er vor den vielen Sorten. Nahm einen bunten Becher in die Hand und stellte ihn dann wieder zurück. Er wollte keine Bärchen, Schlümpfe oder Mikkymäuse auf der Verpackung. Er kam sich lächerlich damit vor, so als dürfe ein erwachsener Mann so etwas nicht essen. Er entschied sich für zwei Päckchen Früchtequark mit weniger auffälligem Aufdruck und zwei Becher Joghurt, auf denen statt einer Comicfigur das Kürzel »Bio« lockte.

Zur Kasse. Fünf Leute vor ihm. Es hätte schlimmer kommen können. Trotzdem war er ärgerlich. Warum öffneten die in Stoßzeiten nicht die zweite Kasse? Er haßte es zu warten. Schlangestehen übersäuerte seinen Magen.

Nicht aufregen, Stefan. Gleich bist du zu Hause. Wenn ich sowieso hier stehe, kann ich auch den Wagen als Platzhalter in der Schlange lassen, um noch schnell zur Spirituosentheke …

Die Tequilaflasche war leer. Er brauchte neuen Whiskey. Gin war im Sonderangebot. Eigentlich hieß es jetzt: zugreifen.

Aber nein. Besser nicht.

Warum nicht? Später treibt es dich doch wieder aus dem Haus. Dann haben alle Läden zu. Nur in der Bahnhofspassage kriegst du dann noch etwas. Total überteuert bei geringer Auswahl. Besser jetzt …

Da war sie wieder. Am Bonbonregal. Sie beobachtete ihn. Als er sie bemerkte, verschwand sie, wie von Geisterhand vertrieben.
Nein. Das war keine Einbildung. Das Biest versteckte sich jetzt garantiert hinter den Waschpulverkartons. Na warte! Er wollte hinspurten, sie packen und ... Ja, und was? Mach dich nicht lächerlich. Was sollen die Leute von dir denken? Ein Staatsanwalt, der im Supermarkt ein Kind verfolgt.
Wieso? Das Kind verfolgt doch mich.
Abrupt drehte er sich um und konzentrierte seinen Blick auf die Kiwis. Sie sahen aus wie haarige Kartoffeln: ungenießbar.
Mach hier keinen Aufstand. Bezahl, und dann ab nach Hause. Du hast dich sowieso getäuscht. Das Kind ist nicht hier. Bestimmt sitzt sie zu Hause bei Mutti und heult. Wahrscheinlich essen sie jetzt aus Kummer die Willkommenstorte auf, die sie für Vati vorbereitet hatten. Vielleicht überfrißt sich die ganze Familie aus reiner Frustration. Oder sie stochern nur lustlos in den Teilchen herum, weil ihnen der Appetit vergangen ist. Dir kann es egal sein.
Er schob den Wagen ein Stückchen vor. Endlich war er dran. Mit raschen Bewegungen zog die Kassiererin die Milchwaren über die Glasscheibe im Fließband. Ein Früchtequark löste nicht sofort den Signalton aus. Sie bewegte ihn noch einmal, diesmal sorgfältiger, über die Kontrolle. Den Aufkleber auf den Bananen tastete sie mit einem Lesestift ab. Sie führte ihre Bewegungen souverän, präzise und mit einer gewissen Grandezza aus.
Stefan Siebergs linker Fuß klopfte einen nervösen Rhythmus auf den Boden.
Er schielte wieder zu den Bonbonregalen und den Waschpulvertrommeln hinüber. Aber von Angelika Riedel keine Spur.

Du bist nur überarbeitet. Du hast dir sinnlos eine Nacht um die Ohren gehauen. Zehn Stunden Schlaf, und du bist wieder topfit.
»Sie haben die Äpfel nicht abgewogen.«
»Bitte?« O nein, nur das nicht.
»Sie müssen die Äpfel abwiegen und dann das Preisschild auf die Tüte kleben.«
Er sah sich um. Hinter ihm grinste ein junges Mädchen. Höchstens siebzehn.
»Können Sie die Äpfel nicht so berechnen? Ich habe es eilig.«
Die Verkäuferin sah ihn ratlos an. »Nein, das geht nicht. Das ist doch schnell gemacht. Wenn Sie nur eben ...«
Er schüttelte energisch den Kopf. Auf keinen Fall würde er jetzt quer durch den Laden – vorbei an den Bonbonregalen und den Waschmitteln – zum Obststand gehen. Auf gar keinen Fall. Lieber verzichtete er auf die Äpfel.
Sie spürte seinen Widerstand deutlich. Begriff, das hatte nur am Rande mit Eile zu tun. Vielleicht konnte er es gar nicht?
»Soll ich eine Kollegin rufen, die das rasch für Sie erledigt?« Schon beugte sie sich vor zu ihrem Mikrophon.
Nein! Nur kein Aufsehen! Nicht noch mehr angegafft werden. Was soll die Kleine hinter mir denken?
»Zwölf an Gemüse. Hier kommt ein Kunde mit der Waage nicht klar.«
Er spürte es genau. Die Göre hinter ihm lachte ihn aus. Kicherte, wie nur Teenager kichern können.
Seine Hände gehörten plötzlich nicht mehr zu ihm. Er kontrollierte sie nicht mehr. Wie fremde Greifwerkzeuge suchten sie Halt. Am Zigarettenregal, an der Kasse, am Rand des Fließbands, am Zeitungsständer.
Schlagartig wurde ihm klar, welche Gefühle der Satz »Es war, als würde mir der Boden unter den Füßen weggezo-

gen« wirklich ausdrückte. Es gab keinen Halt mehr. Das Gehirn schien in den Magen zu rutschen. Ein aufdringliches Dröhnen warf ihn um wie ein akustischer Windstoß. Er riß den Zeitungsständer mit sich. Wie ein riesiges Spielkartenhaus, das umgepustet wurde, fächerten sich die Zeitungen auf dem Boden auf.
Seine Kinnlade schlug auf den Rand der Kasse auf.
Aus der aufgeplatzten Haut am Kinn tropfte warmes Blut. Es rann an seinem Hals herunter. Roch süßlich und hinterließ eine vertraute Spur. Das angenehme Gefühl: Ich lebe. Solange noch Blut aus mir tropft, lebe ich.
Eine Pfütze von seinem frischen Blut sammelte sich auf der Schlagzeile: *Nacktes Mädchen tot in Mülltonne gefunden.*
Als sich der Schleier vor seinen Augen langsam lüftete, lag er – mit dem Rücken an eine Wand gelehnt – nahe beim Ausgang. Eine Frau im weißen Kittel hielt ihm ein Glas Wasser hin. Eine Ärztin? Eine Krankenschwester? Oder nur eine Verkäuferin?
Er sah sie durch eine sturmzerrissene Wolkendecke.
Er trank. Sie redete, aber er hörte nicht zu. Er lauschte in Erwartung einer Katastrophe auf das nächste Dröhnen. Versuchte, den ersten Vorboten nachzuspüren. Filterte aus all dem Lärm um ihn herum das Eigentliche heraus. Aber er konnte das Dröhnen nicht ausmachen. Weder seine Richtung bestimmen noch seinen Entstehungsort. Trotzdem wußte er: Es war da, lauernd und gemein.
Er tastete nach der Tüte neben sich.
Die Leute waren hilfsbereit. Besorgt. Sie hatten all seine Waren in eine Plastiktüte gepackt und diese neben ihn gestellt. Wie er später feststellte, lag auch sein Portemonnaie darin. Das Wechselgeld stimmte genau. Der Kassenzettel klemmte in dem Fach, das für Kreditkarten vorgesehen war.
»Geht es Ihnen besser? Sollen wir einen Krankenwagen

rufen? Sie haben ein bißchen geblutet, aber das ist nicht schlimm, glaube ich. Wir können Ihnen ein Taxi rufen ...«
»Nein. Danke. Lassen Sie nur. Es geht mir schon viel besser. Sie waren sehr nett. Ich hoffe, ich habe Ihnen nicht zu viele Umstände gemacht?«
Er erhob sich schwer. Es war ihm unangenehm, daß sie ihn stützte, aber ohne ihre Hilfe hätte er es vermutlich gar nicht geschafft. Er griff in seine hintere Hosentasche. Leer.
»Ihr Portemonnaie ist in der Einkaufstüte. Sie brauchen sich keine Sorgen zu machen. Sie sind nicht bestohlen worden.«
Offensichtlich gibt es für jede peinliche Situation noch eine Steigerung, dachte er benommen. Er fingerte umständlich einen Geldschein aus der Börse. Er sah gar nicht genau hin. Vielleicht waren es zehn, vielleicht zwanzig Mark.
Ihr abweisendes Gesicht sagte ihm, es war zuviel. Sie wollte es nicht. Nun hielt sie ihn für unzurechnungsfähig.
»Nehmen Sie es ruhig. Bitte.«
Sie wich zurück. »Aber ... behalten Sie Ihr Geld.«
»Bitte ...«
Da stürmte sie zum Ausgang. Ja! Sie war es. Keine Frage. Die Haare wippten bei jedem Schritt hoch und gaben einen Blick auf ihr Gesicht frei. Sie floh wie eine Ladendiebin. Fauchend öffnete sich die automatische Glastür. Schon war sie draußen, drehte sich um und musterte ihn triumphierend aus ihren dunklen Augen.
Unwillkürlich krampften sich seine Schließmuskeln zusammen. Der Geldschein entglitt seinen Händen. Aber er versuchte, dem Blick standzuhalten.
Ich mach mir nie wieder in die Hose. Nicht wegen dir, du kleines Miststück. Hau ab. Wenn ich dich kriege, dann ...
»Hau ab!«
Er hörte sich selbst gar nicht schreien. Er sah nur die Reaktion auf seinen Wutausbruch im Gesicht der Verkäuferin.

Sie fuhr zusammen. Jetzt war sie sicher, es mit einem völlig Verstörten zu tun zu haben.
Sie ließ ihn einfach stehen. Mit einer beiläufigen Bewegung hob sie den Schein auf und ließ ihn in ihrem Kittel verschwinden. Sie fand jetzt dieses Schmerzensgeld als Entschädigung durchaus angemessen. Er sah den blauen Schein in ihre Tasche gleiten, registrierte sogar, daß es ein Hunderter war, konnte aber, entsetzt über sich selbst, nicht reagieren.
Er schnappte sich die Einkaufstüte und versuchte dann, festen Schrittes auf Angelika Riedel zuzugehen.
Die Lichtverhältnisse veränderten sich. Die Neonröhren spiegelten sich im Glas. Er konnte sich beobachten, wie er sich, schlafwandlerisch das Gleichgewicht haltend, auf die Tür zubewegte. Aber Angelika Riedel verschwand. Er war sicher, daß sie noch dort wartete und sich an seinem Anblick weidete. Aber als er die Stelle erreichte, fand er dort nur einen angebundenen Dackel.
Das Tier kläffte ihn schwanzwedelnd an. Sein wütender Blick machte es stumm. Ängstlich klemmte der Dackel den Schwanz ein und drückte sich schutzsuchend an die Wand.
»Was willst du von mir?« brüllte Stefan Sieberg. »Ich habe deinen Vater nicht verurteilt! Der Richter war es!«
Es sollte eine Rechtfertigung sein. Aber es klang wie ein Geständnis.
Er rannte zu seinem Auto.
Aber wo stand es?
Fast panisch suchte er die Reihen ab. Es mußte hier irgendwo sein. Er lief in die falsche Richtung, kehrte um, spürte Tränen der Wut aufsteigen und einen mörderischen Durst. Er wünschte sich nur noch mit einer Flasche Whiskey ins Bett. Die Kneipe gegenüber lockte ihn nicht im geringsten. Er wollte allein sein und sich betrinken. Endlich

nicht mehr angeglotzt werden. Von niemandem angequatscht werden. Keinem Rechenschaft schuldig sein.
Endlich. Wie eine Erlösung stand der Wagen da. Direkt vor dem Eingang des Supermarktes geparkt. Die Türen unverschlossen. Aus der Einkaufstüte tropfte eine weiße Flüssigkeit. Biojoghurt.
Er öffnete die Tüte und sah hinein. Alles schwamm in dieser klebrigen Soße. Am liebsten hätte er den ganzen Mist einfach fallen lassen. Aber er klatschte die leckende Einkaufstüte ohne Rücksicht auf die Polster auf die Rückbank, klemmte sich hinters Lenkrad und fuhr los.

5

Die Spur der langsam antrocknenden Joghurtflecken führte vom Eingang direkt ins Badezimmer. Vor der Tür ballten sie sich zu einer Traube, die langsam zu einer Pfütze verlief. Er hatte lange hier gestanden und den Schlüssel nicht richtig ins Loch bekommen. In den äußersten Ausläufern der kleinen Lache pappte sein Fußabdruck. Zwar nur von der Hacke, aber doch unverkennbar das Rillenmuster seiner Schuhe.
Vom Korridor bis zum Badezimmer waren die weißen Tropfen regelmäßig verteilt. Alle zwanzig Zentimeter einer. Dort hatte er die Einkaufstüte an den Handtuchhalter gehängt. Darunter entstand auf den Fliesen ein kleiner See. Hier hatte er sich kaltes Wasser ins Gesicht geklatscht und sich auf den Brechreiz konzentriert. Ja, es sollte heraus. Mußte heraus!
Aber so sehr er auch würgte, es kam nichts. Nicht einmal Speichel. Etwas in ihm hinderte ihn daran, sich den Finger in den Hals zu stecken. Er wußte, das würde funktionieren,

aber er ekelte sich plötzlich davor, riß die Tüte vom Handtuchhalter und stürzte ins Schlafzimmer. Jetzt lagen die Tropfen weiter auseinander. Dreißig Zentimeter Abstand. Vierzig. Achtzig. Der Rest war mehr ein Fallen als ein Laufen gewesen.

Er lag auf dem Bett, die Einkaufstüte neben sich wie eine zusammengerollte weiße Katze.

Er hielt ein Bein aus dem Bett, den Fuß fest auf dem Boden. Er brauchte dieses Gefühl, wollte spüren, daß unter dem Bett noch etwas war. Eine Sicherheit. Fester Boden. Ein solides Bauwerk.

Er wollte sich ausziehen. Ein dringendes Bedürfnis nach Sauberkeit überkam ihn. Einen gebügelten Schlafanzug hätte er jetzt gern angezogen und sich in frische, helle Laken gekuschelt. Aber seit Susanne ausgezogen war, bügelte niemand mehr seine Schlafanzüge. In der Schublade lagen drei saubere. Aber alle verknittert. Kratzig. Trotz Weichspüler wurde die Wäsche nie mehr so wie damals ... Damals, als Susanne noch für ihn sorgte. Es mußte ein Geheimnis geben beim Waschen. Eins, das die Frauen für sich behielten, um ihren Männern zu zeigen, daß sie unentbehrlich waren.

Die Schlafanzüge in der Schublade waren unerreichbar für ihn. Schon der Gedanke, daß er sich aufraffen und dorthin gehen mußte – mindestens drei Schritte –, ließ sein Herz rasen. Er dachte an einen panisch springenden Frosch, der, eingesperrt in eine Blechbüchse, sich bei jedem Befreiungsversuch verletzte. Zwar beulte er die Dose aus, doch er spürte schon, er würde dabei draufgehen.

Sein Herz hopste wie dieser Frosch. Unregelmäßig. Eine beängstigende Weile blieb es ruhig. Leblos. Dann wieder hektische Sprünge gegen den Dosendeckel.

Jetzt zog er die Beine an und rollte sich zusammen. Seine Knie berührten die Einkaufstüte und wurden naß. Er entwickelte sich zurück zum Embryo. Die Haltung hatte er schon eingenommen. Aber ihn umgab kein schützender Frauenkörper. Nie wieder würde das so sein. Und doch wünschte er sich nichts sehnlicher. Alles andere erschien dagegen sinnlos. Im Augenblick war nur dieses unmögliche Zurückkrauchen für ihn von Bedeutung. Ja, es wurde zum Sinn seines Seins. Nicht nur zum letzten Fluchtpunkt.

Aus Wut darüber, den Glückszustand nicht herbeiführen zu können, schleuderte er die Einkaufstüte gegen den Frisierspiegel. Das Ding war ohnehin ein Relikt vergangener Zeit. Susannes Spiegel. Aufklappbar wie eine Zeitung. Wie oft hatte sie vor diesem Monstrum gesessen wie einst ihre Großmutter und sich die Haare gekämmt. Immer hatte sie ihm dabei den Rücken zugekehrt. Doch er konnte sie sehen. Einmal von vorn, zweimal im Halbprofil und einmal von hinten, während sie ihr Gift verspritzte.

»Wenn man in deinem Alter nicht anfängt, etwas für seinen Körper zu tun, darf man sich nicht wundern, wenn man schlaff wird. Du hast Hängeschultern. Mach doch morgens wenigstens ein paar Liegestütze. Du mußt ja nicht gleich Schultern kriegen wie Schwarzenegger ...«

Das Gefühl, vollkommen sein zu müssen, um von Susanne geliebt zu werden, machte ihn hoffnungslos. Es lähmte ihn. So verbrachte er die meiste Zeit damit zu schmollen und sich schlecht zu fühlen. Er hatte diese Erinnerungen nicht gewollt, und doch suhlte er sich darin wie in warmer, breiiger Scheiße.

Nein, er würde jetzt nicht zur Flasche greifen. Klar, es würde ihm dann besser gehen. Nicht sofort, aber rasch. Er kannte das. Erst kam die Erleichterung, dann gleich hinterher die neuen Schuldgefühle. Aber er redete sich ein, den Schnaps nicht zu brauchen.

Er konnte jederzeit aufhören. Jederzeit. Diesen Beweis

anzutreten war er sich schuldig. Sofort. Keinen Tropfen mehr für einen Monat. Oder wenigstens für eine Woche. Einen Tag? Heute? Die nächste Stunde? Einfach kein Glas mehr vollgießen – keine Flasche mehr öffnen.
Im Grunde hatte Susanne recht. Er mußte etwas tun für sich und seinen Körper. Nicht nur duschen. In die Sauna vielleicht. Alles ausschwitzen. Raus mit dem Dreck und dem Gift. Dem Alltag und dem Frust. Besser, alles auszuschwitzen, als auszuheulen.
Sauna! Die männliche Art zu weinen, pflegte Susanne zu sagen, um es ihm schmackhaft zu machen.
Früher war er oft in die Sauna gegangen. Warum so lange nicht mehr? Fing er an, sich seiner Nacktheit zu schämen? Gerade er, der alte Achtundsechziger? Why don't we do it in the road? Er, der einmal geglaubt hatte, die Gesellschaft könne durch freie Liebe verändert werden? Praktiziert hatte er sie nie. Nur den Kommilitonen zugehört, wenn sie darüber redeten. Er hatte zugehört und sich als Versager gefühlt. Nicht einmal dazu fähig. Damals war die Uni voll von diesen linken Schlampen, bei denen der Schlüpfer lokker saß.
Alles Hippiekram. Nicht mit einer einzigen war er auf eine WG-Matratze gehüpft. Das heißt, einmal hatte er es versucht. Mit Gabi vom Marxistischen Studentenbund. Haare wie Feuer. Magersuchtfigur. Klein, fast keine Titten. Aber er hatte ihn nicht hochgekriegt. Ihre großartigen Reden von multiplen Orgasmen hatten ihm jede Lust genommen. Je offener die Frauen darüber redeten, je deutlicher sie ihm zeigten, daß sie es wollten, um so mehr zog er sich zurück. Schneckenhausleben. Und das als Student '68.
Wie ein Leuchtturmsignal blinkte am Rande seines Gedankenflusses immer wieder das Wort Sauna auf. Aber er wußte, der Versuch würde jetzt zum Horrortrip werden.

Er konnte es jetzt unmöglich in so einem kleinen Raum aushalten. Diese Enge. Die unerträgliche Nähe zu anderen Menschen. Die Dämpfe beim Aufguß. Das Zufallen der Holztür. Nein. Das alles durfte er sich jetzt nicht antun.
In meinem jetzigen Zustand könnte ich durchdrehen. Vielleicht würde ich plötzlich keine Luft mehr kriegen oder anfangen zu schreien oder einfach umkippen wie im Supermarkt. Nein, ich muß da so durch. Trockener Entzug.
Er nahm eine Sandbombe, um zur Ruhe zu kommen. Doch kaum ließ das Zittern in den Händen nach, da wurde der Wunsch nach einem Schluck Whiskey übermächtig in ihm. Er wußte plötzlich nicht mehr, warum er es nicht tun sollte. Tranken nicht alle intelligenten Menschen? Gehörte das nicht einfach zum Leben?
Plötzlich erschien es ihm lächerlich, auf Alkohol verzichten zu wollen. Als ob darin die Lösung aller Probleme läge! Aber so waren die Menschen. Sie aßen in einer radioaktiven Umwelt vergiftetes Fleisch, fraßen verstrahltes Gemüse, atmeten verpestete Luft und kasteiten sich, um gesund zu werden, indem sie auf die letzten harmlosen Freuden verzichteten. Keinen Tabak mehr, keinen Alkohol und ja nicht zuviel Zucker.
Er versuchte, die Sache locker zu sehen. Aber sie war nicht so locker, das wußte er.
Eine merkwürdige Unruhe zwang ihn, auch im Liegen die Beine zu bewegen. Er versuchte es mit autogenem Training. Während der Studentenzeit hatte er damit seine Prüfungsängste ganz gut in den Griff bekommen; später hatte er es aber nie wieder praktiziert.
Er legte sich einigermaßen gerade hin. Die Beine schulterbreit auseinander, die Arme neben dem Körper, ohne ihn zu berühren, die Handflächen offen nach oben wie Schalen.
Er schloß die Augen. Da ballte sich die rechte Hand zur

Faust. Erschrocken ließ er die Finger wieder schlaff in die Ausgangsposition fallen.
Dann erinnerte er sich voller Vorfreude an die Ruhe, das entspannte Gefühl, das ihm das Aufsagen der Formeln in seiner Studentenzeit gebracht hatte.
Mein rechter Arm wird ganz schwer.
Ich bin ganz ruhig. Ruhig.
Mein rechter Arm wird schwer.
Ging es so?
Ja, viermal.
Konzentrieren. Ganz auf den rechten Arm konzentrieren.
Ich bin ganz ruhig.
Mein rechter Arm wird jetzt ganz schwer.
Immer dieses Ganz. Ganz schwer. Ganz ruhig. So ein blödsinniger Scheiß! Hippiekram. Das klappt heute nicht mehr. Nicht mit mir.
Mein rechter Arm wird ganz schwer.
Ich bin total ruhig.
Total ist gut. Früher klappte es fast immer. Dann kam eine tiefe Ruhe und Gelassenheit.
Wer Großes vollbringen will, muß weit sein und gelassen. Ho Tschi Minh. Das waren noch Zeiten. Glaubt mir heute auch keiner mehr, daß ich mal ein Radikaler war. Wir wollten die Arbeiterklasse in allen Ländern befreien, aber es gelang uns nicht einmal, unsere Eltern zu überzeugen.
Mein rechter Arm wird ganz schwer.
Ich bin total ruhig.
Habe ich das jetzt schon viermal oder erst dreimal? Scheiße.
Immer kommen mir Gedanken dazwischen.
Keine Gedanken denken.
Nur sein.
Zulassen.
Nicht mehr die Atmung kontrollieren.

Es atmet mich. Ich brauche nichts dazu zu tun. Ich muß es nur zulassen.
Es atmet mich.
Pokerface hat etwas gemerkt. Was heißt gemerkt? Ich habe es ihm ja aufgedrängt. Wie ein Idiot habe ich mich benommen. Wenn er jetzt noch in meiner Vergangenheit wühlt ... Aber was, dieser Studentenmist ist längst vergessen. Wer mit zwanzig kein Radikaler war, hat kein Herz, und wer mit vierzig immer noch einer ist, keinen Verstand. Mein Herz, der Frosch, hüpft schon wieder. Furchtbar! Jetzt ganz ruhig.
Mein rechter Arm ist ganz schwer.
Von wegen schwer. Kalt ist er. Die Finger kribbeln wie abgeklemmt. Der wird im Leben nicht schwer und erst recht nicht warm. Scheiß auf die Energieströme. Ich brauch einen Schnaps. Einen eisgekühlten Klaren. Oder einen Grappa. Ja, ein Grappa wäre nicht schlecht. Der könnte auch den Magen beruhigen. Ich habe immer noch diesen Eisklumpen im Bauch. Gletschereis. Jahrhundertealt. Scharfkantig. Urzeittiere sind darin eingefroren. Säbelzahntiger und Meeresungeheuer. Quallen und ...
Jetzt wird der Arm tatsächlich schwer. Das ist es, Stefan! Du darfst nur nicht versuchen, es zu zwingen. Laß es geschehen. Gleich kommt die Leere im Gehirn. Die Kühle auf der Stirn. Die Wärme in den Gedanken und im Magen. Gleich wird dein Herz regelmäßig schlagen. Du bekommst das alles in den Griff. Du brauchst den Schnaps nicht, Stefan. Die Formel. Sag dir die Formel auf. Stell sie dir vor wie eine Leuchtschrift. Lies sie: Buchstaben für Buchstaben. Atme sie ein.
Mein rechter Arm wird ganz schwer.
Ich bin total ruhig.
Mein Herz schlägt regelmäßig.

Das Sonnengeflecht in mir strahlt Wärme aus.
Ja, prima, jetzt nur nicht aufhören ... Strahlt Wärme aus. Das Gletschereis in mir muß weichen. Na endlich. Die Finger werden warm. Das Kribbeln hört auf. Endlich ... Endlich ... Es atmet mich. Keine drückenden Gedanken mehr. Mein Kopf ist ganz leer. Alles, was mich bedrückt hat, perlt jetzt an mir ab. Es läuft aus mir heraus, fließt aus meinen Armen wie aus Regenrinnen. Ich bin ganz ruhig. Ruhig. Ruhig.
Das ist nicht die richtige Formel, Stefan. Aber immerhin. Hauptsache, es wirkt. Du hast den linken Arm vergessen. Stümper. Und die Beine. Was ist mit den Beinen?
Da hörte er seinen Magen knurren, und ein Lächeln huschte über sein Gesicht. Magenknurren hatte sein Lehrer für autogenes Training an der Uni als bestes Zeichen für die beginnende Entspannung bezeichnet. Der Magen verdaut den stressigen Tag und knurrt. Es war ein wohliges Knurren, kein forderndes, hungriges ... Oder doch ... Wann hatte er zum letzten Mal gegessen? Egal. Hauptsache, Magenknurren.
Er befand sich jetzt in einem Zustand des Halbschlafs. Er vernahm alle Geräusche, besonders die eigenen, überdeutlich. Sein Herz klopfte, von einigen Sprüngen abgesehen, regelmäßig. Er hörte seinen Atem. Sein Blut rauschen. Sein Körper lag schwer auf dem Bett. Wieder knurrte der Magen. Dann mischte sich in seine eigene Geräuschkulisse ein leises Schnarchen.
Wie schön, dachte er, ich bin eingeschlafen, und lauschte den nasalen Tönen. Er wußte aus Erfahrung, daß dies eine Art Wachschlaf war. Sehr erfrischend und erholsam. Während der Studentenzeit hatte er sich phasenweise täglich so erholt. Nur zehn Minuten am Tag reichten aus, um Kraft zu tanken.

Tatsächlich war es ihm gelungen, die quälenden Gedanken auszuschließen und endlich wieder sich selbst zu fühlen und zu hören.
Dann überschwemmte ihn eine Sturmflut beängstigender Gefühle und Stimmungen. Alle peinlichen Situationen seines Lebens, in denen er sich falsch vorgekommen war, nicht dazugehörig und störend, schienen sich plötzlich in Sekundenschnelle zu wiederholen. Aus zig Projektoren wurden die Bilder ineinander und übereinander in seinen Kopf geworfen. Dominierend der Mittelpunkt, um den sich alles drehte: Angelika Riedels Augen. Wie das Mädchen aufsprang und ihn anstarrte. Ganz auf ihn fixiert. Und wieder dies erniedrigende Gefühl, das Wasser nicht halten zu können.
Nein!
Er hechtete hoch. Sah sich im Zimmer um, war allein mit diesem dreiteiligen Frisierspiegel. Er stand auf und eilte ins Wohnzimmer.
Jetzt pochte die Wunde am Kinn wieder. Er faßte hin. Die Blutkruste platzte ab. Einige Tropfen sickerten durch. Instinktiv griff er zu seiner Brille. Das fehlte jetzt noch: Brille verlieren und drauftreten.
Aber die Brille saß fest auf der Nase. Er schaffte es bis zur Wohnzimmerschrankbar. Gin. Weinbrand. Wodka ... Er sah gar nicht hin. Griff nach einer Flasche, drehte mit fahrigen Fingern den Verschluß auf, hielt die Flaschenöffnung über ein großes Longdrinkglas und zählte bis sieben. Genau so lange dauerte es, um dieses Glas fast bis obenhin zu füllen. Er führte es mit beiden Händen sorgfältig an die Lippen und begann zu schlucken. Er hustete und verschluckte sich beim Trinken. Er wollte nur noch eins: zwischen sich und diesen feurigen braunschwarzen Augen einen dicken Vorhang hinunterlassen. Quatsch. Vorhang. Was er brauchte, war

eine Mauer. Kugelsicher und stacheldrahtbewehrt, um ihn zu schützen. Vor seiner Angst.
Er schaffte das Glas nicht auf Anhieb. Er ließ sich in den Ledersessel fallen und brütete dumpf vor sich hin. Der linke Arm hing kraftlos herab, als würde er nicht wirklich zu ihm gehören. In der Rechten hielt er das Glas, auf die Lehne gestützt, fest. Er trank in dieser Haltung den Rest nur noch mit kleinen Schlucken. Die anfängliche Verkrampfung in der Magengegend lockerte sich, löste sich schließlich ganz auf.
Das Schuldbewußtsein, wieder einmal versagt zu haben, wich einem Trotzgefühl. Er ließ sich nicht vorschreiben, wieviel er trinken durfte. Von niemandem. Auch von Doktor Muffhardt nicht. Quacksalber, der.
»Dies ist mein Leben!« sagte er laut und goß sich erneut ein. Dann trieb ihn eine wachsende Unruhe durch die Wohnung. Er schaltete den Fernseher ein. Das Radio in der Küche und das am Bett. Dann den Kassettenrecorder im Stereoturm. Es muß Leben in die Bude! Sonst fühlt man sich in dieser Gruft lebendig begraben. Leben! Leben!
Er trat in die Joghurtpfützen und verteilte sie so in der Wohnung. Besonders auf dem Wohnzimmerteppich.
Beim dritten Glas beschloß er, die Wohnung zu renovieren. In diesem düsteren Loch mußte man ja depressiv werden. Helle Farben gehörten an die Wände. Blumen auf die Fensterbänke. Er brauchte neue, frische Teppiche und Vorhänge. Hier hing überall Susannes Geruch in den Fasern. Er wollte sie hinauslüften. Raumsprayvergasen. Susanne und diesen Riedel mit seiner ganzen Sippschaft.
Er brauchte eine Putzfrau. Ja, eine Putzfrau und eine Geliebte. Er mußte endlich mal wieder vögeln. Vielleicht würde er dann nicht mehr wie ein Tiger im Käfig herumrennen, miesepetrig und mit harten Eiern.

Er stellte das große Longdrinkglas ab und nahm einen Cognacschwenker für den Weinbrand. Damit wankte er ins Schlafzimmer. Er kam sich durchtrieben vor. So als hätte er gerade einen genialen Einfall gehabt. Er suchte Papier, um ihn aufzuschreiben. Darüber vergaß er ihn.

6

Heinz Siemon saß, vorgebeugt wie in Wartestellung, im abgeschabten Ledersessel und zupfte nervös an seinen Manschettenknöpfen. Die drückende Schwüle im Raum lag wie eine schwere Wolldecke auf seinem Gesicht. Das Luftholen bereitete ihm Mühe. Es war jedesmal ein bewußter, anstrengender Akt.

Die Kopfschmerzen ließen nicht nach. Selbst Bewegungen der Augäpfel taten weh. Als würden seine Augen von strammen Bändern im Kopf festgehalten. Jeder Blick nach links oder rechts dehnte diese Bänder auf quälende Weise.

»Setz dich endlich!« fuhr er Friedhelm Bauer an.

Mit der rastlosen Beweglichkeit, die manchen kleinen Dikken eigen ist, lief Friedhelm Bauer weiter wie in einem Käfig auf und ab. Drei Schritte nach links bis zu dem blauen Teppichmuster, dann eine scharfe Drehung und drei Schritte zurück, bis seine Schuhspitze genau den Schnabel des eingewebten Vogels berührte. Jeder Schritt saß wie einstudiert. Ein langes Stück Zigarettenasche lag im Dreieck des Schnabels. Aber nie trat Friedhelm Bauer darauf. Sein Fuß stoppte jedesmal einen knappen Zentimeter davor. Wahrscheinlich hätte er noch Stunden so auf und ab tigern können, ohne die Asche zu zertreten. Dabei hatte er sie nicht einmal bemerkt. Seine Bewegungen liefen mechanisch ab, in einem exakt abgezirkelten Rahmen.

Wenn Friedhelm Bauer nachdachte, konnte er offenbar nicht stillsitzen. Er schien körperliche Bewegung zu brauchen, damit er das Gefühl hatte, geistig nicht auf der Stelle zu treten.
Friedhelm Bauer baute sich vor Heinz Siemon auf, grabschte seine Flasche Bier vom Tisch, nahm einen Schluck und setzte sie hart wieder auf die Marmorplatte.
Der Ton ließ Heinz Siemon schon zusammenzucken, bevor er zu hören war. Heinz Siemon haßte Friedhelm Bauers laute, hektische Art. Jetzt besonders. Unerträglich, seine knatschenden, billigen Schuhsohlen. Sein ungeniertes Rülpsen und Furzen.
»Und du? Du sitzt einfach da, als ob nichts geschehen wäre!« blaffte Friedhelm Bauer. »Das hätte einfach nicht passieren dürfen. Dieser Scheißunfall hat die ganze Szene aufgeschreckt. Die Bullen spielen verrückt. Ich habe sofort meine Videos weggebracht. Bei zwei meiner Stammkunden waren schon Hausdurchsuchungen. Weißt du, was mich der Spaß kostet? Zweihundert Kopien und vier wertvolle Mutterbänder. Ich habe allein für das letzte Zweitausend gelöhnt. Und jetzt sitz ich da ...«
Heinz Siemon saß da mit gesenktem Gesicht. Den Kopf zwischen die Schulterblätter gezogen wie ein Geier. Um Friedhelm Bauer nicht ansehen zu müssen, starrte er auf den Tropfen, der wie eine durchsichtige Schnecke am Bierflaschenhals herunterlief.
»Der ... der Besitz der Bänder ist nicht strafbar«, erklärte er. Es hörte sich an wie eine Entschuldigung, aber es brachte Friedhelm Bauer noch mehr auf. Er ruderte mit den kurzen Armen und fuhr sich dabei über die Glatze, als müsse er Mücken von dort vertreiben oder Spinnweben wegfegen.
»Nicht strafbar! Nicht strafbar!« äffte er Heinz Siemon nach. »Was heißt das schon? Die suchen einen Kindermör-

der. Die sitzen uns jetzt im Nacken wie eine Laus im Pelz. Wenn die die Videos finden, gehört man gleich zum Kreis der Verdächtigen.«

»Lolitaliebhaber zu sein ist kein Verhaftungsgrund«, sagte Heinz Siemon trocken. Es klang wenig überzeugend.

»Ach, hör doch auf! Mit den Bullen gehen die Pferde durch. Auf so eine Gelegenheit haben die doch nur gewartet. Wenn die jetzt bei dir Aufnahmen von unbehaarten Muschis finden, sitzt du gleich in U-Haft.«

Heinz Siemon schüttelte den Kopf, als könne es so schlimm nicht werden.

Friedhelm Bauers Haltung hatte jetzt etwas Bedrohliches. Er hielt seine Wut auf Heinz Siemon nur schwer im Zaum.

»Kannst du mir nun die Kleine besorgen oder nicht?«

Mit der flachen Hand patschte Friedhelm Bauer sich demonstrativ gegen die Stirn.

»Ja, bist du jetzt völlig durchgeknallt? Im Moment ist Funkstille, sag ich. Schluß. Aus. Ende. Leitung tot. Die haben sogar eine Schwerpunktstaatsanwaltschaft gegründet. O Mann – ich darf gar nicht daran denken!«

Mit zittrigen Händen zündete Heinz Siemon sich eine Zigarette an. »Schwerpunktstaatsanwaltschaft. Unfug. Da hängt eine überlastete Mordkommission dran. Mehr nicht.«

Er inhalierte tief. Der Rauch brannte in der Lunge. Der Druck im Kopf ließ aber einen Moment lang nach, als würden mit dem Rauch auch die Schmerzen ausgepustet.

»Mehr nicht? Wo lebst du eigentlich? Der Dieter sucht dich überall. Er hat schon dreimal bei mir angerufen. Macht das unter euch aus – hörst du? Ich will mit der ganzen Sache nichts zu tun haben. Warum mußtest du sie auch so hart rannehmen, du Spinner. Die Kleine war doch prima! Ich habe sie selbst dreimal gehabt. So eine kriegt man so leicht nicht wieder. Aber du ... du ...«

Die Zigarette fiel auf den Tisch. Heinz Siemon sprang auf. Plötzlich wirkte er gar nicht mehr zittrig, sondern energiegeladen bis zum Platzen. Er packte Friedhelm Bauer und riß ihn über den Tisch zu sich heran.
»Ich war es nicht, hörst du! Ich war es nicht! Ich habe sie nicht erwürgt. Und von einem kleinen Klaps ist noch keine draufgegangen. Den meisten gefällt das sogar.«
Mit weit aufgerissenen Augen und hervorquellenden Augäpfeln donnerte Friedhelm Bauer: »Aber die Kleine ist tot!«
Heinz Siemon schob den Fleischkloß zurück.
»Dieter war es. Ich habe ihm hundertmal gesagt: Dröhn die Möschen nicht so voll. Der immer mit seinen Tabletten, und dann all der Schnaps. Deine Mäuse haben oft gerochen wie Penner. Das mußte ja mal schiefgehen. Die ist an einer Überdosis Schlaftabletten gestorben, oder was immer er ihr vorher eingeworfen hat.«
Friedhelm Bauer trat zwei Schritte vom Tisch zurück und musterte Heinz Siemon. Dann beugte er sich vor und fischte sich mit einer fahrigen Bewegung die Bierflasche. Gegen den Durst. Zur Beruhigung und als Waffe wahrscheinlich, falls Heinz Siemon wieder durchdrehen sollte. Friedhelm Bauer bemühte sich sichtbar um eine ruhige, beschwichtigende Stimme.
»Wir müssen jetzt einfach eine Weile vorsichtig sein. Bis Gras über die Sache gewachsen ist. Warum machst du keinen Trainerschein und betreust eine Mädchensportgruppe? Der Atze fährt prima dabei. Schwimmen und Volleyball. Der fährt mit denen in Urlaub und alles. Oder mach eine Kinderboutique auf. Einen Spielzeugladen ... Was weiß ich.«
Er winkte ab. Wischte seine eigenen Vorschläge in die Bedeutungslosigkeit, noch bevor Heinz Siemon den Kopf

schüttelte, die Zigarette von der Marmorplatte nahm und im vollen Aschenbecher ausdrückte.
Vorwurfsvoll und ein wenig nörgelnd sagte Friedhelm Bauer: »Klar. Du stehst ja auf die harte Tour. So läuft das nicht. Da mußt du schon Erzieher werden in einem Heim für Schwererziehbare wie der Rolf.« Er war begeistert von seiner eigenen Idee. »Mensch, das wär doch was für dich, hä? Du Rohrstockpädagoge.«
Wütend sah Heinz Siemon Friedhelm Bauer an. Der schien sich in seinem viel zu engen Jogginganzug unwohl zu fühlen. Er stand unter dem Druck, Heinz Siemon Vorschläge machen zu müssen, nur um ihn loszuwerden.
Er nahm noch einen Schluck. Richtete den Flaschenhals wie einen Pistolenlauf auf Heinz Siemon und fragte: »Was machst du eigentlich beruflich?«
Er sah sofort, daß er keine Antwort bekommen würde. Nickte. »Klar. Und du heißt auch nicht Heinz Siemon, oder? Bist auch nicht aus der Stadt, hm? Kommst du nur her, um ...« Er klatschte mehrfach mit der linken Hand unter die Flasche. »Mensch, ich glaub, ich hab etwas für dich.«
Plötzlich geschäftig geworden, wieselte Friedhelm Bauer zum Wohnzimmerschrank, zog eine Schublade auf und holte Polaroidfotos und ein paar fotokopierte Schriftstücke heraus. »Warum«, fragte er lächelnd, »läßt du dir keine kleine Thailänderin einfliegen?«
Mit großzügiger Geste warf Friedhelm Bauer die Polaroidfotos auf den Tisch. Auf jedem eine lächelnde Frau.
»Guck sie dir doch wenigstens an. Sie stehen alle zur Verfügung. Das ist nur eine kleine Spezialauswahl. Die haben nämlich alle etwas, das dich interessieren wird ...« Er sah Heinz Siemon erwartungsvoll an. »Töchter zwischen sechs und zwölf.«

Heinz Siemon blieb reglos. Scheinbar ohne Emotion.
Friedhelm Bauer pries seine Ware weiter an: »Es ist risikolos. Die Frauen können weder Deutsch noch Englisch. Sie waren nie im Ausland. Du heiratest sie einfach. Der ganze Spaß kostet keine sechs Riesen. Wenn sie erst hier ist, hast du sie und das Kind. Mensch, überleg doch mal. Das wär was für dich. Da kannst du dich so richtig austoben. Die Mami wird keine Probleme machen, wenn du ihre Tochter bumst. Der Kulturschock. Die Abhängigkeit von dir. Die Sprachprobleme. Und dann glauben die sowieso, das sei normal. Ja. Die sind längst nicht so verklemmt wie wir Deutschen. Und wenn was schiefgeht, läßt du dich halt scheiden. Hat der Atze auch gemacht. Die fliegen dann gleich raus hier. Weil ihre Aufenthaltsgenehmigung nur gilt, solange sie verheiratet sind. Überleg es dir. Es ist ungefährlich. Wenn die erst wieder in Thailand sind, gibt es keine Kläger und keine Richter. Dann kann dir kein Mensch mehr was. Außerdem ... im Moment wäre es doch eine Lösung, oder nicht? Wenigstens für ein paar Monate, bis sich alles beruhigt hat und der Markt wieder etwas hergibt.«
»Nein. Das ist nichts für mich.« Der Satz kam scharf wie eine überzogene Zurückweisung.
Trotzdem versuchte Friedhelm Bauer es noch einmal. Er nahm eins der Bilder hoch, sah es sich an und befeuchtete seine Lippen. Er hielt es Heinz Siemon hin.
»Guck sie dir doch mal an. So eine zierliche Person. Die werden nicht größer als einsfünfzig. Knabenhafter Körper. Wenn du der die Möse rasierst, geht die für dreizehn durch. Wenn du dich bei Mutter und Tochter erst mal so richtig ausgefickt hast ...«
Hart unterbrach Heinz Siemon: »Du hörst dich an wie ein Jahrmarktschreier. Ich sagte Nein. Das ist nichts für mich.«
»Warum? Ach – verstehe, der Herr ist noch verheiratet.

Und? Hat sie schon etwas gemerkt? Du willst mir doch nicht erzählen, daß sie nichts weiß und ihr braves Eheleben spielt.«
»Hör auf mit dem Scheiß. Kannst du mir nun eine Kleine besorgen oder nicht?«
»Wann? Jetzt sofort?«
»Hm.«
»Na ja – ich wüßte schon etwas. Ich habe da eine Adresse. Ganz heiß. Gestern erst bekommen. Eine kleine Ausreißerin. Blonder Lockenkopf. Gerade erst elf geworden. Noch ganz unberührt. Ehrlich.«
»Wieviel?«
»Fünfhundert für die Adresse.«
Wortlos zog Heinz Siemon sein Portemonnaie. Er zählte fünf druckfrische Hunderter auf den Tisch.
Friedhelm Bauer steckte sie in die Joggingjacke.
»Der Erstkontakt wird nicht billig. Tausend mußt du rechnen. Vielleicht mehr. Macht das unter euch aus.«
»Also? Die Adresse.«
Unbeirrt fuhr Friedhelm Bauer fort: »Ich weiß von nichts. Ich habe damit nichts zu tun.«
»Die Adresse!« ermahnte Heinz Siemon.
Friedhelm Bauer schrieb mit einem blauen Kuli eine Telefonnummer auf einen Fetzen der Tageszeitung. Den gab er Heinz Siemon.
»Das ist doch Atzes Nummer.«
»Stimmt.«
»Bei ihm ist die Kleine?«
»Er hat sie aufgegabelt. Am Bahnhof. Wenn du sie entjungferst, könntet ihr ein Band für mich mitlaufen lassen. Neues gutes Material ist schwer zu kriegen. Ich meine, mit guter Bild- und Tonqualität. Atze ist ein guter Kameramann. Und auf Atze ist Verlaß. Er hat mir schon ein paar Filme ...«

Er geriet ins Schwärmen. »Erinnerst du dich noch an diesen herrlichen Lolitastreifen aus dem Zeltlager? Sie ließen sich von ihm ganz ungeniert filmen und hielten lachend ihre nackten Ärsche hin. Besonders die legendäre Wasserschlacht ...«
Entschlossen sagte Heinz Siemon: »So was mache ich nicht. Ich laß mich nicht filmen.«
»Du könntest mir ruhig auch mal einen Gefallen tun.«
Bauer konzentrierte sich auf seine Fingernägel und schälte mit dem Mittelfinger das Schwarze unterm Daumen weg. Mit entschuldigendem Tonfall fuhr er fort: »Der Dieter sucht dich. Er würde sich über einen Hinweis freuen.«
Heinz Siemon ballte die rechte Faust. Weiß traten die Knöchel hervor. Am liebsten hätte er ihm ins Gesicht geschlagen. Statt dessen lachte er ihn aus.
»Schade, daß du nicht weißt, wo ich wohne.«
Im selben Augenblick dachte Heinz Siemon: Daß jemand so schmierig grinsen kann. Wieder unterdrückte er den Impuls, einfach zuzuschlagen.
»Weißt du, ob ich dir nicht nachgegangen bin, beim letzten Mal? Ich weiß gern, mit wem ich es zu tun habe. Damit sich hier keiner von der Sitte einschleicht ...« flötete Friedhelm Bauer zuckersüß.
»Soll das eine Erpressung sein?«
Friedhelm Bauer hob abwehrend beide Hände und zeigte wie zum Beweis seiner Unschuld die leeren Handflächen vor.
»Aber, aber ... Ich habe dich doch nur um einen Gefallen gebeten. Unter Freunden. Lolitafreunden sozusagen. Ohne Film keine Entjungferung.«
Wortlos zog Heinz Siemon seinen Mantel an und ging zur Tür. Er hatte nicht vor, sich noch einmal nach Friedhelm Bauer umzusehen.

Da lachte der Dicke heiser hinter ihm her: »Ich wüßte einen Beruf für dich.«
Er machte eine lange Pause. Heinz Siemon stand still und wartete, das Gesicht zur Tür gewandt.
»Kinderarzt. Hahaha! Das wäre was für dich. Stimmt's? Ich hatte einen Schulfreund, der wollte unbedingt Frauenarzt werden ...«
Heinz Siemon riß die Tür auf, schritt majestätisch nach draußen und ließ sie hinter sich zuknallen. Er hörte noch durch die geschlossene Tür Friedhelm Bauers wiehernde Stimme: »... Frauenarzt ... keine Ahnung, ob er es geschafft hat!«

7

Ein Knall und ein Klirren weckten ihn. Vielleicht kam es von der Straße her, aus dem Radio, oder es war einfach nur in seinem Kopf passiert. Er wußte es nicht.
Benommen blickte er in die Dunkelheit. Er hatte keine Ahnung, welcher Wochentag heute war. Die Uhrzeit konnte er nur erraten. Er tippte auf frühe Morgenstunde, denn aus dem Radio plärrte Musik, während im Fernsehen nur noch Schnee flimmerte. Durch die Vorhänge drang kein Licht herein.
Er tastete nach seiner Brille. Hatte er eine Nacht lang gesoffen oder eine Nacht und einen Tag? Er fand die Brille nicht. Der Kopf ließ sich nur schwer heben. Die Beine bewegten sich gar nicht. Lediglich in den Armen steckte schon genug Leben.
Da, was war das? Kroch da etwas über die Bettdecke? Ein mausgroßes Insekt, vierbeinig, mit einem Stachel? Er wischte sich übers Gesicht. Das Ding saß am Fußende. Es

war zu dunkel im Raum, als daß er es genau hätte erkennen können. Aber dort war gerade etwas gekrabbelt. Jetzt verharrte es. Lauernd, böse und giftig.
Eine Gänsehaut jagte über seinen Körper und aktivierte ihn in Sekundenschnelle. Seine Nebenniere stieß genügend Adrenalin ins Blut, um den Kater augenblicklich niederzukämpfen. Die Gefäße verengten sich. Der Blutdruck stieg beängstigend. Das Herzjagen begann. Er fühlte sich wie bei einem Marathonlauf.
Noch hoffte er, daß ihm nur Alptraumfetzen in den Wachzustand gefolgt waren. Wo sollte so eine große Spinne herkommen? Da kroch das Tier auf ihn zu. Den schemenhaften Anblick hätte er vielleicht noch ertragen, aber dieses zischende, züngelnde Geräusch ließ ihn schreien.
Er trat die Decke weg. Sie flog im hohen Bogen gegen die Schrankwand und glitt dann zeitlupengleich daran herunter auf den Boden.
Er riß die Beine an den Körper, und dann schlug er auf den Knopf der Nachttischlampe. Dabei fegte er die Brille herunter. Er hörte das Glas klirren, sprang aus dem Bett, griff sich die Brille – zum Glück war nur ein Glas zerplatzt – und schaltete alle Lichtquellen ein, die er erreichen konnte.
Ein Glück, dachte er, daß ich in den Schuhen eingeschlafen bin. Ich hätte es jetzt nicht ertragen, barfuß hier herumzustehen.
Erst jetzt bemerkte er, daß er drohend die Weinbrandflasche wie eine Keule in der Hand hielt. Aber es erschien ihm unangemessen, damit zuzuschlagen. Er hätte der Riesenspinne dann zu nahe kommen müssen. Er brauchte einen Spaten oder etwas Ähnliches. Das linke, zersprungene Brillenglas ließ ihn alles wie durch ein glitzerndes Spinnennetz sehen. Am liebsten hätte er die Brille angewidert in den Abfalleimer geworfen. Aber er brauchte sie noch.

Du spinnst. Da war nichts. Du hast geträumt. Solche Biester gibt es hier nicht. Nicht bei uns. Wir sind hier nicht in Lateinamerika. Gott, mein Herz.
Ich brauche eine Waffe. Groß, lang, flächig.
Er nahm das Bild im Glasrahmen von der Wand. Es hatte ihm noch nie gefallen. Susannes Geschenk. Ein Sonnenuntergang hinter Glas.
Stefan Sieberg bückte sich und pirschte auf Knien an die Bettdecke heran. Das Bild schlagbereit wie eine riesige, gläserne Fliegenklatsche. Vorsichtig berührte er mit zwei Fingern die Decke. Dann riß er sie hoch.
Nichts. Keine Spinne.
Er richtete sich wieder auf und lehnte sich erschöpft gegen die Schrankwand. Er war klatschnaß. Seine Poren stießen unablässig Schweiß aus.
Du hast nur schlecht geschlafen, sagte er sich, und die unbändige Lust nach einer starken Zigarette überfiel ihn.
In dem Moment huschte etwas vom Bett über den Vorleger zur Frisierkommode.
Er stand starr.
Das Ding versuchte, unter Susannes beschissene Frisierkommode zu kriechen.
Stefan Sieberg schlug mit dem Bild zu. Die Splitter hagelten durch den Raum. Aber das tote Tier sah er nicht. Hatte er es nicht erwischt, oder lag es unter dem Scherbenhaufen begraben? Lebte es noch, oder war es tot?
Er rannte in die Küche und holte – einer plötzlichen Eingebung folgend – den Staubsauger. Er stöpselte ihn an den Stromkreislauf und stocherte dann mit der Saugbürste in den Scherben herum. Den Zeigefinger über dem Einschaltknopf wie am Abzughebel einer Schnellfeuerwaffe.
Ich werde dich wegsaugen, du Biest und dann ... Dann schmeiß ich dich samt Staubsauger auf den Müll.

Schweiß tropfte von seiner Stirn auf die Augenlider und wurde von den Wimpern an den Brillengläsern verschmiert, weil er sich die Brille, aus Angst, sie könnte herunterfallen, zu nah an die Nasenwurzel gedrückt hatte.
Zwischen den Splittern fand er die Spinne nicht. Sie mußte hinter oder unter dem Spiegelmonstrum sitzen.
Er versuchte, es beiseite zu rücken. Dabei trat er in die Scherben. Sie knirschten unter seinen Füßen. Dieses dämliche Möbelstück ließ sich nicht so einfach von der Wand abrücken. Er wagte es auch nicht, mit bloßen Fingern dahinter oder darunter zu fassen. Er hatte Angst vor einem Biß, vor einem Angriff aus der Dunkelheit.
Er drehte den Staubsauger um und quetschte den Stiel zwischen Wand und Spiegel. Er benutzte ihn als Hebel. Er drückte, zog, schob. Sein Zorn wuchs und mit ihm seine Kraft. Bestimmt kam das Vieh aus dieser Scheißfrisierkommode. Wer weiß, wieviel Krabbelzeugs sonst noch darin hauste. Das Ding war von Generation zu Generation vererbt worden. Aber er würde es abfackeln. Jawohl.
Er arbeitete zu ungestüm. Seine Beine verhedderten sich im Stromkabel. Als die Frisiertoilette nach vorn stürzte, fiel er ebenfalls. Er sprang sofort wieder auf, um der Spinne den Rest zu geben.
Von seiner rechten Hand tropfte Blut.
Er bemerkte es nicht.
Er fand das Tier nicht.
Zunächst suchte er mit wachsamem Blick den Rücken der Frisierkommode ab. Dann trat er dagegen. Schließlich zertrümmerte er das Möbel, außer sich vor Wut und Haß. Alles mischte sich. Die Angst vor Spinnen mit dem Zorn auf Susanne, Angelika Riedels Augen, das überlegene Lächeln ihres Vaters und seine eigene erneute Kapitulation vor der Schnapsflasche.

Er benutzte den Staubsauger wie einen Vorschlaghammer. Immer und immer wieder schlug er auf das verhaßte Möbelstück ein, bis er nicht mehr konnte. Die Holz- und Glassplitter waren im ganzen Zimmer verstreut. Durch das Licht wirkten die Scherben im Bett wie seltener, verwunschener Schmuck.

Schwer atmend rutschte Stefan Sieberg am Türrahmen nach unten. Er sah sich – plötzlich zu sich gekommen – die Katastrophe an. Es hätte kaum schlimmer kommen können.

Erst jetzt bemerkte er die Wunde an seiner Hand wirklich. Da war kein Insekt, Stefan. Du drehst einfach nur durch. Das ist es. Delirium tremens wird Doktor Muffhardt es nennen. Säuferwahn. Manche sehen weiße Mäuse, rosa Hasen, Ameisen. Und du riesige Spinnen.

Vielleicht, weil du dich gefangen fühlst in einem Spinnennetz. In deinem eigenen Geflecht.

Heiser hörte er sich lachen. Ich denke, solche Wahnerlebnisse werden nur durch plötzlichen Alkoholentzug verursacht. Du hingegen, alter Knabe, hast gesoffen und zwar nicht gerade wenig. Vielleicht verträgst du die Sandbomben nicht. Gestern hast du zu viele davon ... Und dann Wodka – Weinbrand. Du solltest mal wieder etwas essen.

Stefan Sieberg krabbelte auf allen vieren zum Telefon, holte es zu sich auf den Boden und starrte es lange an. Er versuchte, sich an die Nummer von Doktor Muffhardt zu erinnern. In der Praxis würde er um diese Zeit sowieso nicht sein. Vermutlich lag er im Bett.

Stefan Sieberg suchte mit zittrigen Fingern die Nummer aus dem von Susanne handschriftlich angefertigten Telefonbuch. Er verwählte sich zweimal. Beim dritten Mal klappte es. Mürrisch meldete sich nach dem siebten Klingeln Doktor Muffhardts verschlafene Stimme.

»Horst, ich bin's, Stefan. Kannst du ... zu mir kommen?«
»Bist du wieder besoffen?«
»Nein, ich bin stock...«
Am liebsten hätte Stefan Sieberg wieder aufgelegt. Er ließ seinen Blick beim Telefonieren durch die Wohnung schweifen. Es entmutigte ihn restlos. Horst Muffhardt würde ihn für komplett wahnsinnig halten und in eine geschlossene Anstalt einweisen lassen.
»Weißt du eigentlich, wie spät es ist?« fauchte sein alter, vielleicht letzter Freund.
Ohne zu antworten, legte Stefan Sieberg sanft, als könne er damit geschehenes Unrecht wiedergutmachen, den Hörer auf die Gabel zurück.
Vielleicht, dachte er, gehöre ich dahin. In eine geschlossene Klinik. Zum Entzug.
Aber noch gab er sich nicht geschlagen. Er wollte es noch einmal versuchen. Sich noch eine Chance geben. Die Klinik erschien ihm nicht als Chance, sondern nur als Bedrohung. Als Bestätigung seiner Niederlage.

8

Nie hatte er das Duschwasser heißer empfunden. Brennende Strahlen, die seinen Körper verbrühten. Aber er mischte kein kaltes Wasser bei. Er genoß das Gefühl, sich weh zu tun. Wer Schmerzen spürt, der lebt wenigstens.
Auf seiner Haut verdampfte das Wasser wie eine ätzende Flüssigkeit. Der Gedanke, gleich könnten sich auf seinen Armen Bläschen bilden, erschreckte ihn. Vielleicht brodelte es schon in seinen Poren ...
Was würde sichtbar werden, wenn die Haut erst Risse bekam, aufplatzte und schließlich absprang?

Er packte mit beiden Händen die Armaturen und schaltete von heiß auf kalt um.
Er schrie. Er sprang in der Dusche herum, als wäre die Porzellanschale mit glühenden Kohlen ausgelegt.
Dann drückte er sich schutzsuchend gegen die Wand. Jetzt trafen die Tropfen nur noch seine Knie und die Füße. Sein Körper zitterte und dampfte noch immer.
Entschlossen schob er sich noch einmal unter den kalten Strahl. Er spürte einen Energieschub. Es ging bergauf mit ihm. Endlich. Die harten Wassertropfen prasselten auf sein Glied. Es schrumpfte, zog sich ängstlich in sich selbst zurück. Er drehte sich um. Sollte sein Arsch zu Eis gefrieren!
Mit dem kratzigen Handtuch rubbelte er sich trocken. Natürlich hatte Susanne seine flauschigen Saunatücher mitgenommen. Sechzig mal einsachtzig waren sie groß. Er konnte sich darauf ausstrecken. Die ausgewaschenen, dünnen Gästehandtücher hatte sie ihm gelassen. Wie sollte sich ein erwachsener Mann mit solchen Läppchen abtrocknen?
Ich werde den ganzen Plunder wegwerfen und alles neu kaufen. Alles. Die ganze Wohnungseinrichtung muß raus. Nichts darf mich mehr an Susanne erinnern.
Nackt trat er in den Korridor.
Es war alles nur ein böser Traum. Dein Verstand hat dir eine Falle gestellt. In Wirklichkeit ist alles ganz anders. Die Riesenspinne hast du dir nur eingebildet.
Aber warum traue ich mich dann nicht, barfuß ins Schlafzimmer zu gehen? Warum suche ich meine Latschen wie ein Ertrinkender seine Schwimmweste? Will ich mich nur rückversichern, falls das Biest doch ...
Ich traue mir selbst nicht. Das ist es.
Er fand die Latschen, zog sie aber nicht an. Um sich selbst zu beweisen, daß er noch klar im Kopf war, ging er barfuß und

völlig nackt ins Schlafzimmer zurück. Er wollte sich das Schlachtfeld ansehen.
Er trat auf Scherben, kümmerte sich aber nicht um die Schmerzen. War er nicht sein Leben lang auf Scherben gelaufen? Hatte er nicht auf glühenden Ofenplatten Walzertanzen gelernt? Stefan Sieberg, der Tanzbär.
Er schaffte es bis zu den Vorhängen. Als ob er sich selbst mit der ihm verbliebenen Kraft beeindrucken müßte, griff er in die Falten des Stoffes und versuchte, alles mit einem Ruck herunterzureißen.
Susanne hatte die Vorhänge anbringen lassen. Offensichtlich besser, als er gedacht hatte. Die altmodischen Dinger hielten seiner Wut stand.
Er hängte sich mit seinem ganzen Gewicht an den Stoff, bis die Führungsschienen brachen. Plastikringe lösten sich reihenweise.
Na endlich!
Er fühlte sich wie Tarzan an der Liane, als der Vorhang mit ihm stürzte und ihn unter sich begrub. Kichernd, mit ungetrübtem Triumphgefühl, arbeitete er sich darunter hervor. Sonnenlicht durchflutete das Zimmer. Es war heller Tag.
Er öffnete das Fenster. Luft. Er brauchte endlich Luft.
Das Loch in der Scheibe machte ihn stutzig.
War ich das? Habe ich etwa mit dem Staubsauger ...
Er schob den Vorhang zur Seite und kniete sich hin, um den Boden zu untersuchen. Da lagen Scherben.
Wenn ich es gewesen wäre, müßten die Scherben nach draußen gefallen sein ...
Er nahm zwei Glassplitter in die Hand. Sie stammten eindeutig vom Fenster, nicht von der Frisierkommode.
Nackt kroch er auf dem Boden herum, aber er konnte die Lösung für seine Fragen dort nicht finden. Er schnitt sich nur die Knie auf.

Vielleicht ist ein Vogel dagegengeflogen ... Unsinn. Das Doppelglasfenster hätte den Vogel getötet. Daran bricht er sich vielleicht das Genick, aber die Scheiben zersplittern nicht. Da mußte schon jemand einen Stein ...
Da war es wieder: das Mädchengesicht mit den stechenden Augen.
Ja, sie war es. Vermutlich lag ein Stein im Zimmer mit einem Zettel dran. Sie wollte sich rächen. Ihn unter Druck setzen.
Er lag vor seinem Bett auf dem Läufer und brüllte sich selbst an: »Dreh nicht wieder ab! Das Loch kann schon seit Wochen dort sein! Diese Angelika Riedel ist ein Kind. Kein Dämon. Sie weiß nicht einmal, wo du wohnst. Mit dir gehen nur deine Schuldgefühle durch!«
Er drückte sich auf dem Teppich ab, wollte sich hochwuchten und noch einmal bei Horst Muffhardt anrufen. Er mußte ihm helfen. Wer sonst?
Sein Blick fiel auf die Staubwolken unterm Bett. Dicke, graue Wattebüschel. Ja, er brauchte eine Putzfrau. Eine Frau, die Ordnung in sein Leben brachte oder wenigstens in seine Wohnung.
Eine der Staubwolken bewegte sich auf ihn zu. Sie war zum Greifen nahe. Es war keine Riesenspinne. Es war ein Skorpion.
Diesmal wußte er genau: Es ist keine Halluzination. Das Ding da ist echt.
Der Stachel bog sich nach oben. Einen Augenblick lang waren Stefan Siebergs Reaktionen nicht eindeutig. Kampfgeist durchzuckte ihn. Das Gefühl, recht behalten zu haben. Wut. Mordlust. Aber diese Empfindungen waren nicht stark genug. Hinter ihnen mähte die Sichel rasender Angst alles nieder. Schnitt sich eine Schneise in sein Bewußtsein, verdrängte schließlich alle anderen Regungen und ließ nur noch einen Gedanken zu: Flucht!

Mit wenigen Sprüngen durchquerte er das Schlafzimmer. Schreiend rannte er auf die Straße. Er war sich seiner Nacktheit noch nicht bewußt, als er vor seinem völlig demolierten Auto stand.
Zunächst erkannte er es gar nicht als seins. Die Nummernschilder waren heil geblieben. Der Rest ein Haufen verbogenes Blech und Scherben.
Fassungslos starrte Stefan Sieberg den Schrotthaufen an. Wer machte so etwas? Wo wohnte er, daß Leute seelenruhig sein Auto auseinandernehmen konnten? Warum hatte niemand die Polizei gerufen? Hatte keiner etwas gehört? Oder arbeiteten die alle zusammen, gegen ihn? Eine gigantische Verschwörung?
Kinderlachen ernüchterte ihn.
»Guck mal da! Ein Nackter!«
»Der Sieberg! Hallo, Herr Sieberg!«
Er hielt sich die Hände vors Gehänge und rannte ins Haus zurück.
Es war wie eine Erlösung. Er war also nicht verrückt, sondern jemand versuchte, ihn fertigzumachen. Er mußte kämpfen. Sich zusammenreißen. Sich wehren.
Okay, sein Auto war im Eimer, und unter seinem Bett lauerte ein Skorpion. Vielleicht hatten sie ihm auch eine Giftschlange ins Bad gelegt. Aber was hieß das schon? Es war leichter, gegen einen äußeren, realen Feind zu kämpfen – und sei er noch so unsichtbar und klug – als gegen den inneren. Den wahnsinnigen Mörder in sich selbst.
Doktor Muffhardt war die falsche Adresse. Er mußte sich an die Polizei wenden. Jetzt sofort.
Er lachte, trommelte mit den Fäusten auf seine Oberschenkel und spürte zum ersten Mal seit Tagen, daß sich das eiserne Stirnband lockerte.
Die Polizei würde ihm glauben.

Würde sie?
Er blickte in den Spiegel im Flur. Er sah aus wie ein vom Teufel getriebener Irrer. Nackt, blutig, verkratzt und mit Tränensäcken unter den Augen.
Den zerstörten Wagen draußen konnten sie nicht leugnen.
Aber ob sie den Skorpion finden würden ...
Immerhin, er war Staatsanwalt.
Aber er mußte zunächst jeden Makel an seiner Person auslöschen. Er mußte völlig integer wirken.
Innerhalb von Sekunden – oder waren es Stunden – beschloß er, auf dem Boden sitzend, den Rücken an die Wand gelehnt, zunächst die Wohnung aufzuräumen, sich sorgfältig anzuziehen und dann ...
Der Skorpion! Er konnte jederzeit durch die offene Schlafzimmertür in die anderen Zimmer krabbeln. Stefan Sieberg raffte sich auf. Er hechtete zur Schlafzimmertür und knallte sie zu.
So, du Biest. Jetzt bist du gefangen.
Nein. Noch nicht. Da sind Ritzen unter der Tür. Und das Schlüsselloch. Können Skorpione durch Schlüssellöcher kriechen? Stefan wollte nichts riskieren. Das Vieh durfte keine Chance bekommen. Er rannte in sein Arbeitszimmer und holte eine Rolle Paketklebeband aus der Schublade.
Zurück zur Schlafzimmertür. Er mußte die Ritzen verkleben. Scheiße. Er hatte die Schere vergessen. Er versuchte, das braune Plastikzeug durchzubeißen. Es klebte an seiner Oberlippe fest. Dann verhedderte sich ein halber Meter. Er brauchte die Schere!
Atemlos ins Arbeitszimmer zurück.
Nie ist die gottverdammte Scheißschere da, wo man sie sucht! Wahrscheinlich hat Susanne sie ...
Ach, da ist sie ja!
So.

Jetzt verklebe ich erstens die Tür.
Zweitens ziehe ich mich an.
Drittens werde ich mich rasieren und parfümieren.
Oder räume ich erst auf?
Jedenfalls werde ich dann sauber, gesund und seriös den Kampf aufnehmen. Wartet's nur ab! Ich muß nur erst die Tür verkleben. Dann werdet ihr sehen, mit wem ihr euch angelegt habt.

9

Wie viele solcher stümperhaft in die Maschine gehackter Polizeiprotokolle hatte er in den letzten Jahren gelesen? Hunderte? Tausende?
Nie funktionierten die Reiseschreibmaschinen richtig. Zu scharfe Buchstabentypen schlugen Löcher ins Papier. Meist bei a, o oder b. Selten waren n und m voneinander zu unterscheiden. Kaum ein Beamter beherrschte die Kommaregeln. Am Anfang hatte es ihn amüsiert. Später dann regten ihn ungenaue Formulierungen auf.
Da unterschrieben Universitätsprofessoren mit Lehraufträgen für Vergleichende Literaturwissenschaft ein unverständliches Gestammel als ihre Zeugenaussage. Mit so einem Deutsch würde kein Hauptschüler ins zehnte Schuljahr versetzt werden.
Und nun war er selbst in einer solchen Situation. Er kannte das alles. Theoretisch. Wußte genau, nach welchen Spielregeln es abzulaufen hatte. Aber es klappte nicht. So hatte er sich das nicht vorgestellt.
Der Beamte schrieb nicht einfach auf, was er ihm mitteilte. O nein. Der fragte nach, versuchte zu verkürzen, genauer zu werden, auf den Punkt zu bringen. Aber dadurch wurde

alles falsch. Oder bekam zumindest einen unwahrscheinlichen Zug. So war es nicht. Nicht wirklich.
Er mußte lange geschwiegen haben, denn der Beamte fragte merkwürdig eindringlich – wie zum zweiten Mal –: »Sie haben also morgens einen Unfall vor dem Gerichtsgebäude gehabt, und später dann hat jemand Ihr Fahrzeug noch zusätzlich beschädigt? Sind Sie sicher, daß die Blechschäden nicht bei dem Unfall entstanden sind?«
Stefan ließ seine Hand unwirsch auf die Schreibtischplatte klatschen.
»Es waren nur ein paar Kratzer beim Einparken! Jetzt ist der Wagen völlig demoliert!«
Der Beamte schüttelte ungläubig den Kopf.
»Aber woher wollen Sie wissen, daß es nur ein paar Kratzer waren? Sie haben doch gerade gesagt, daß Sie nicht ausgestiegen sind, um sich den Schaden anzusehen.«
»Mir war schlecht.«
»Jaja, aber kann es dann nicht sein, daß der Schaden größer war, als zunächst vermutet?«
»Herr Gott! Nein!«
»Das ist kein Grund, mich anzubrüllen.«
»Es war Angelika Riedel.«
Endlich tippte er ein paar Buchstaben.
Wenn nur meine Hände nicht so naß wären. Wenn ich das Papier anfasse, um zu unterschreiben, wird es einen Schweißfleck bekommen. Bestimmt stinke ich wieder wie ein Schwein.
Das Kribbeln in der Nase nahm plötzlich seine Aufmerksamkeit gefangen. Die Schleimhäute trockneten aus. Sie wurden zu einer harten, bröckeligen Masse. Es kostete ihn Beherrschung, sich keinen Finger ins Nasenloch zu stecken. Er zog sein Taschentuch, trocknete damit flüchtig die Hände ab und rieb es gegen die Nasenflügel.

Er schneuzte sich trocken.
»Und in welchem Verhältnis stehen Sie zu dieser Dame?«
»Dame? Sie ist ein dreizehnjähriges Kind!«
»Aha, und dieses Kind hat Ihr Fahrzeug restlos demoliert?«
Stefan Sieberg nickte halbherzig und wußte gleichzeitig: Diese Geschichte glaubte ihm kein Mensch.
Vermutlich hatte sie für die Tatzeit sogar ein Alibi. Bestimmt hatten andere die Drecksarbeit für sie gemacht. Ein Mädchen in ihrem Alter hatte wohl gar nicht die Kraft. Sie war eher zart. Vielleicht hatte sie einen Freund. Außerdem war da noch ihr Bruder ...
»Warum sind Sie so nervös?«
»Ich bin nicht nervös.«
»Ihre Finger zittern aber ... Geht es Ihnen gut? Oder wollen Sie vielleicht lieber mit einem Arzt ...«
»Ist das hier eine Polizeistation oder eine Apotheke?«
Ruhig Blut, Stefan. Du versaust alles. Nur nicht heftig werden. Wenn der Typ erst sauer auf dich ist, dann ...
»Sie haben also diese Angelika R. dabei beobachtet? Warum haben Sie denn nicht gleich die Polizei ...?«
»Ich habe sie nicht dabei beobachtet.«
Herrje, das ist alles so unhaltbar. Der guckt schon ungläubig.
»Ich weiß es eben!«
Falsch, Stefan, sagte er sich selbst. Nicht einmal der größte Idiot würde so eine Aussage akzeptieren.
»Wollen Sie damit sagen, es ist nur eine Vermutung?«
Stefan Sieberg schaffte es nicht zu antworten. Er schämte sich zu sehr. Er bog seine Finger durch, bis es knackte.
Der Beamte wertete sein Schweigen richtig. Er lehnte sich auf dem Bürostuhl zurück und verschränkte die Arme vor der Brust. Er sprach jetzt betont freundlich. Wie zu einem verängstigten Kind, das die Eltern verloren hat. Stefan Sie-

berg hatte diesen Kindergärtnerinnenton bei Erwachsenen immer gehaßt. Damit erklärte man ohne ein böses Wort sein Gegenüber für inkompetent. Machte es zum Schwachkopf.
»Aber mein lieber Herr Sieberg. Sie sind doch selbst Staatsanwalt. Was würden Sie denn zu so einer Aussage sagen? Haben Sie denn irgendwelche anderen Hinweise?«
Zum Glück klingelte das Telefon. Der Beamte zögerte nicht. Er hob sofort ab und meldete sich mürrisch. Dann nickte er zweimal. Murmelte: »Jaja. Klar. Sofort.« Und ließ Stefan Sieberg mit entschuldigendem Schulterzucken allein.
Sein »Bin gleich wieder da!« verhallte auf dem Flur.
Bloß weg, dachte Stefan Sieberg.
Abflug. Sofort. Mir glaubt sowieso kein Mensch. Wenn ich das Protokoll unterschreibe, kann ich gleich kündigen und mich in die Klapsmühle einweisen lassen. Völlig bescheuerte Idee, hierherzukommen. Überhaupt, wer sagt mir, daß der nicht gemeinsame Sache mit denen macht?
Stefan Sieberg raffte seine Sachen zusammen und bewegte sich mit großen Schritten auf den Ausgang zu.
Denk jetzt bloß nicht über die große Verschwörung nach. Dann bist du da, wo sie dich haben wollen. Der Typ war kein Teil einer Verschwörung. Der war einfach nur flachköpfig wie die meisten. Blöd, unsensibel und ...
»He, Herr Sieberg! Wo wollen Sie denn hin? Wir sind noch nicht fertig! Wir müssen doch noch ...«
Endlich draußen!
Laut ließ Stefan die Tür hinter sich zuknallen. Er fühlte sich, als sei er soeben dem Fegefeuer entwischt. Aber er ahnte: Nichts war geklärt. Er sah der Hölle erst noch entgegen.

10

Der Heimweg tat ihm gut. Er schritt fest aus, trat auf, als müßte er eine Giftschlange niederkämpfen. Immer wieder erhob sie sich vor ihm. Richtete sich züngelnd auf. Mit jedem weiteren Fußtritt zerquetschte er ihren Kopf aufs neue.

Wenn er sein Spiegelbild in den Schaufenstern sah, dann kam er sich vor wie ein preußischer Soldat, der angetrunken und in Zivil den Stechschritt versucht.

Er schaffte es, an drei einladenden Kneipen vorbeizukommen, ohne einzukehren. Er war stolz auf sich. Fühlte sich fast sportlich. Seine Zunge klebte am trockenen Gaumen. Ein fieser Aasgeschmack verdarb ihm die Freude an der Abendluft. Er glitt ein paarmal mit der Zunge am Zahnfleisch entlang. Dann tastete er die Lücken unter den Brükken ab. Irgendwo in seinem Mund verfaulte etwas.

Er mußte diesen Geschmack loswerden. Unbedingt. Am besten wäre es, mit Cognac zu gurgeln und dann mit einem frisch gezapften Pils nachzuspülen.

Allein der Gedanke beflügelte ihn augenblicklich. Er schluckte.

An der Laterne gegenüber vom *Schwarzen Schaf* blieb er stehen und drehte sich eine Zigarette.

Nur einen Doppelten und ein Pils. Nur um diesen ekelhaften Geschmack loszuwerden.

Er leckte das Papier an.

Dabei bleibt es nicht. Wenn du jetzt anfängst, dann säufst du dich zu Boden.

Na und? Stört es jemanden?

Du bist längst noch nicht ganz unten. Du mußt noch viel tiefer sinken, bevor du aufhörst. Du bist noch nicht weit genug.

Du hast etwas in dir, daß dich nach unten zieht. Ein Teil deiner Persönlichkeit befindet sich mit dem Rest von dir im Kriegszustand. Und dieser Teil wächst. Angelika Riedel schürt das Feuer.
Du hast etwas in dir, das mit ihr gemeinsame Sache macht. Sonst hätte es gar nicht so weit kommen können.
Er zündete die Selbstgedrehte an. Der Rauch tat gut. Für einen Moment wurde der Aasgeschmack im Mund übertüncht.
Sie ist ein Kind. Du bist ein erwachsener Mann. Was willst du bei der Polizei? Geh zu ihrer Mutter.
Genau! Er inhalierte den Qualm wie eine Wahrheitsdroge. Warum war er nicht gleich darauf gekommen?
Die Mutter. Sie würde dem kleinen Luder schon den Kopf waschen. Er konnte ihr mit der Polizei drohen und mit dem Jugendamt. Er hatte viele Möglichkeiten. Er war Staatsanwalt. Sie würde sich bei ihm entschuldigen müssen. Sie würde Stubenarrest bekommen.
Der Gedanke erheiterte ihn. Stubenarrest. Fernsehverbot. Den Sachschaden würde sie von ihrem Taschengeld abstottern. Kein Kino mehr und keine Bonbons. Er rieb sich die Hände. Er kam sich spitzbübisch vor. Ja. Genau das war es. Die Mutter hatte genug Ärger. Mann im Gefängnis. Gläubiger im Nacken, Kinder verwahrlost.
Er spürte, daß er gute Karten hatte. Sehr gute sogar. Gleich morgen würde er ... Und dann würde sich das kleine Luder bei ihm entschuldigen müssen.
»Es tut mir leid, Onkel Sieberg. Ich werde das ganz bestimmt nie wieder tun.«
Für einen Moment stellte er sich vor, wie er sie übers Knie legte, ihr das Höschen herunterzog und ihr den Hintern versohlte. Sie strampelte, wimmerte, flehte. Doch er klatschte auf ihre Arschbacken.

Eins. Zwei. Drei. Vier. Fünf. Das hast du jetzt davon. Halt still! Zehn Schläge. Zehn!
Er öffnete die Tür zum *Schwarzen Schaf.*
Nur drei Männer standen an der Theke. Jeder hielt gut einen Meter Abstand zum nächsten. Das war Stefan Sieberg recht so. Er wollte jetzt kein Gespräch. Er hatte etwas zu feiern. Einen Sieg. Einen zukünftigen Sieg.
Er bestellte einen doppelten Cognac und ein Pils.
»Cognac haben wir nicht. Nehmen Sie auch einen Weinbrand?«
Stefan Sieberg nickte gedankenverloren und drehte sich eine neue Zigarette.
Deine Mami hat schon ihren Göttergatten verloren. Da wird sie ihre kleine Prinzessin ja wohl behalten wollen. Sie wird Wachs sein in meiner Hand, wenn ich ihr mit dem Jugendamt drohe. Vielleicht sollte ich eine Heimeinweisung ankündigen, falls du nicht schön brav ...
Wieder mußte er sich vorstellen, wie seine Hand auf ihren inzwischen roten Hintern klatschte.
Er grinste.
Der Gedanke gefiel ihm immer besser.
Er ließ den Weinbrand immer wieder über die Zunge rollen. Spülte den Mund aus. Pumpte den Schnaps in die Hohlräume unter den Brücken und gurgelte schließlich, bevor er ihn herunterschluckte.
Er stellte das Glas auf die Theke zurück.
Die anderen Männer sahen ihn mißbilligend an. So trank kein anständiger Mann einen Schnaps. Er las den Vorwurf in ihren Augen. Es amüsierte ihn. Er prostete ihnen mit dem Pilsglas zu, stülpte die Lippen vor und trank das Glas leer, ohne die gezapfte Krone einstürzen zu lassen.
Er wollte gleich noch eins bestellen, zögerte, nahm einen Johnny Walker mit viel Eis und zahlte dann.

Die Eiswürfel kühlend auf der Zunge, verließ er das Lokal. Krachend zerbiß er sie.
Er würde siegen. Er hatte nur ein kurzes Tief gehabt, aber das war jetzt vorbei. Überwunden. Die Wohnung konnte er renovieren lassen. Ein neues Auto leasen und dann ein Gespräch mit Pokerface führen.
Er würde alle Probleme lösen. Einzeln. Nacheinander. Jedes für sich war gar nicht so groß. Nur alle zusammen ergaben eine Lawine.
Zunächst mußte er Angelika Riedel in ihre Schranken weisen und dann ... Dann mußte er mal wieder so richtig vögeln. Wie sollte er Susanne sonst vergessen?
Danach würde er aufhören können zu trinken, und das Distraneurin würde überflüssig werden. Er könnte seine Versetzung beantragen und irgendwo noch einmal von vorn anfangen.
Ganz von vorn ... Irgendwo ... Schon bald ...
Er ging leichtfüßiger. Tänzelte fast.
Plötzlich begriff er kaum noch, was ihn so fertiggemacht hatte. Im Grunde war alles halb so schlimm. Hatte er aus einer Mücke einen Elefanten gemacht? War er einfach nur übersensibel gewesen, weil Susanne ...
Er stoppte.
War sie das?
Stand sie da im Eingang zu seinem Haus?
Klar. Sie mußte es sein. Wer sonst? Sie wartete auf ihn.
Was wollte sie? Trieb sie das schlechte Gewissen her? Kam sie, um sich zu entschuldigen? Oder heckte sie eine neue Scheußlichkeit aus?
Er rief ihren Namen.
»Fräulein Riedel!?«
Sie zuckte zusammen, drehte sich zu ihm um und rannte dann weg in Richtung Park.

»He! Bleiben Sie doch stehen! Sie brauchen keine Angst vor mir zu haben! Fräulein Riedel!«
Warum sieze ich Idiot diese Göre? Sie ist dreizehn.
Er nahm die Verfolgung auf. Sie blieb stehen, drehte sich um und rannte dann weiter. Aber sie war nicht schnell genug. Er würde sie erwischen. Gleich schon, noch bevor sie die Bäume erreicht hatte.
Du entkommst mir nicht in die Büsche! Ich werde dir den Arsch versohlen.
Eins. Zwei. Drei. Vier. Klatsch. Klatsch. Klatsch. Bis du nicht mehr sitzen kannst. Du wirst noch lange an mich denken. Du wirst deine Lektion lernen.
Vor der letzten Laterne am Parkrand blieb sie stehen, verschränkte die Arme vor der Brust und erwartete ihn.
Ha, gibst du auf? Hast du eingesehen, wie sinnlos deine Flucht ist?
Er war fast bei ihr, hatte sie zum Greifen nah, konnte ihr in die Augen sehen, als er schlagartig begriff, daß er in der Falle saß.
Natürlich! Sie war so langsam gelaufen und zwischendurch stehengeblieben, um sicher zu sein, daß er ihr wirklich folgte. Sie hatte Angst, der alte Säufer könnte zu früh aufgeben.
Mit einer Art Baseballschläger in der Hand trat ein Mann aus dem Gebüsch.
Stefan Sieberg wirbelte herum. Versuchte zu entkommen.
Ein Zweiter schnitt ihm den Rückzug ab.
Der Schlagstock wippte angriffslustig in der Hand.
Paß auf. Irgendwo muß noch ihr Bruder stehen. Sie sind mehr, als du denkst. Mit den zwei Bubis könntest du vielleicht fertig werden, aber wie viele sind da noch?
Breit baute sich der mit dem Schläger vor Stefan Sieberg auf. Er war dick. Wabbelig, mit einem Kindergesicht. Aber er

wirkte gefährlich. Entschlossen und irgendwie skrupellos. Angriff ist die beste Verteidigung, dachte Stefan Sieberg. Brüll sie an. Mach sie zur Sau. Zeig ihnen, daß dieses Spiel ernst ist.
Hoffentlich versagt meine Stimme jetzt nicht. Der Ton macht die Musik. Hart auftreten. Bestimmt reden. Keinen Widerspruch zulassen.
Sie kreisten ihn ein. Drängten ihn in Richtung Sträucher ab. Er versuchte, im Schein der Laterne zu bleiben. Nur hier war Hilfe zu erwarten. Solange man ihn sehen konnte, gab es Zeugen. Zumindest potentiell. Obwohl, wenn er an sein Auto dachte ...
Der Typ ließ den Baseballschläger in seine Handfläche klatschen. Er wollte ihm angst machen. Er würde doch nie wagen, mit diesem Ding wirklich zuzuschlagen ... hoffte Stefan Sieberg. Das war eine Mordwaffe. Damit konnte man eine Schädeldecke glatt zertrümmern wie die Windschutzscheibe seines Autos und die Kotflügel und die Motorhaube und ...
Er mußte versuchen, im Licht zu bleiben.
Hätte ich nur noch ein Bier mehr getrunken, ich ...
Er brüllte sie an: »Ihr habt mein Auto demoliert! Stimmt's? Ihr wart es! Ich habe Zeugen. Ich war bei der Polizei! Ich habe euch angezeigt! Das war Sachbeschädigung! Wollt ihr, daß jetzt noch Körperverletzung hinzukommt?«
Der mit dem Schläger ging einen Schritt zurück. Flüsterte dem anderen etwas zu.
Ein triumphierender Gedanke flammte in Stefan Sieberg auf. Sieg! Ich habe gewonnen! Gewonnen!
Der Dicke holte mit dem Baseballschläger aus und hielt ihn wie eine Axt über seinen Kopf.
Stefan fuhr ihn an: »Ich bin Staatsanwalt. Ich könnte ein gutes Wort für euch einlegen, wenn ihr ...«

»Mach ihn endlich fertig!«
Der Dicke kaute auf der Unterlippe herum. Der andere schob sich vorwärts. Noch unschlüssig im Gesicht, doch mit geballten Fäusten.
Ein paar Straßen weiter heulte eine Polizeisirene auf.
»Aha, die Hilfe kommt schon!« frohlockte Stefan Sieberg.
»Schnauze!« sagte der Dicke trocken und machte einen weiteren Schritt in Stefan Siebergs Richtung.
Scheiße. Der meint es ernst. Hart bleiben. Nur keine Schwäche zeigen, sonst ...
»Hört ihr? Sie kommen schon. Verschwindet, ehe es zu spät ist. Noch ist nichts passiert.«
Beobachte die Jungs, aber sieh ihr nicht in die Augen. Tu so, als ob sie nicht da wäre. Ignorier sie! Und denk daran, hier irgendwo in der Dunkelheit lauert noch ihr Bruder. Nur nicht in ihre Augen sehen. Am besten, du guckst sie gar nicht an.
Der Dicke holte weit aus.
Stefan Sieberg suchte einen Ausweg. Er versuchte, an dem Dicken vorbeizukommen und das Mädchen zu fassen.
Er lief dem anderen direkt in die Faust.
Die Wucht des Schlages stoppte ihn. Er spürte keinen Schmerz. Eher ein Gefühl der Vereisung. Der Betäubung, wie von einer Spritze beim Zahnarzt.
Stefan Sieberg konnte sich nicht mehr wehren. Er wußte es. Es war nicht die Kraft des Schlages. Auch nicht die Angst vor dem nächsten. Was ihn lähmte, war viel tiefgreifender: die Erkenntnis, daß ein einziger Treffer sein Selbstbewußtsein zerstört hatte.
Unfair, aber präzise landete die Faust ein zweites Mal in Stefan Siebergs Magengrube. Er kippte, vom Brechreiz geschüttelt, vornüber. Der Dicke machte einen Schritt zurück und trat Stefan Sieberg ins Gesicht.

Die Brille flog durch die Luft. Stefan Sieberg hörte sie aufschlagen. Links von ihm. Vielleicht zwei Meter weit weg. Seine Reservebrille. Die letzte. Er tastete sich mit den Händen vorwärts. Er mußte sie finden. Bei dem Licht hatte er ohne Brille keine Chance.
»Los jetzt, hauen wir endlich ab!«
»Nein. Zieht ihn in die Büsche. Hier sieht uns ja jeder.«
Du kleines Luder, reicht es dir noch nicht? Was willst du?
»Der hat doch genug. Laß es gut sein.«
»Gebt mir meine Brille wieder.«
Jemand trat dagegen. Er hörte, wie die Brille über den Asphalt rutschte. Knapp an ihm vorbei. Dort mußte Angelika Riedel bis eben gestanden haben. Wo war sie jetzt?
Er war ohne Brille nicht blind. Aber er hielt die Augen fest geschlossen. Er wollte nichts sehen.
Das Knirschen machte ihn vollends mutlos.
Sie zertrat seine Brille. Er war sich sicher: Das hat sie getan. Sie!
»Nein ...« flehte er.
Da traf der Baseballschläger seine Rippen. Er klatschte lang hin. Fäuste packten ihn und zerrten ihn über den Boden. Stefan Siebergs Knie stießen gegen die Bordsteinkante. Dann zog man ihn über Gras. Er hörte schnelle Schritte.
»Laßt mich!« bat Stefan. »Bitte.«
An den Haaren wurde er weitergerissen. Er kam auf die Füße, aber man zwang ihn wieder auf die Knie. Jemand hielt seinen Kopf an den Haaren fest und ließ ihn das Gesicht zum Himmel recken.
Er empfing ein paar Ohrfeigen. Es war fast eine Wohltat. Aber er wußte, das war nur das Vorspiel. Vermutlich holte schon einer mit dem Baseballschläger aus.
Stefan zitterte. Er erwartete den Schlag und erhoffte sich davon die erlösende Ohnmacht.

Ja, er wollte ohnmächtig werden. Er fürchtete nicht so sehr den Schmerz. Nicht die Verstümmelung. Er hatte Angst, daß sie sich damit nicht begnügen würden. Sie wollten ihn demütigen. Er ahnte es. Er hoffte, daß sie ihn nicht zwingen würden, irgend etwas zu tun. Sie konnten mit ihm machen, was sie wollten. Hauptsache, er konnte passiv bleiben, mußte nicht mitspielen.

Blut quoll aus seiner Nase, lief langsam in seinen Mund. Er leckte sich die Lippen ab.

Die nächsten Schläge steckte er tonlos ein. Es tat schon lange nicht mehr richtig weh. Körpereigene Morphine ließen ihn auf hysterische Art schmerzfrei werden. Es gab euphorische Sekunden, in denen er sich seinen Peinigern überlegen fühlte.

Bald werden sie unachtsam werden, und dann ...

Wenn ich diesen Baseballschläger zu fassen bekomme ...

»Das Schwein hat mich vollgesaut. Bäh, alles voll Blut. Kannst du nicht aufpassen?«

»Willst du dich nicht wenigstens entschuldigen?«

Stefan Sieberg schwieg und erwartete demütig den nächsten Schlag. Nein, er würde sich nicht entschuldigen.

Lieber Gott, gib, daß ich mich nicht entschuldige. Laß mich einfach ohnmächtig werden. Nur gib, daß ich mich nicht entschuldige. Bitte!

Bin ich das? Bete ich jetzt schon?

Er hörte, wie das heransausende Holz die Luft durchschnitt. Er riß die Arme vors Gesicht. Aber er schützte den falschen Körperteil. Das Ding prallte gegen seine Rippen. Er hörte sie brechen. Dieses dumpfe Knacken, verbunden mit dem stechenden Schmerz, der seinen Körper durchzuckte, von den Haarwurzeln bis in die Fußnägel, würde er nie vergessen.

Die Wucht des Schlages warf ihn um. Er rollte auf dem Gras

hin und her. Dann zerrte man ihn an den Haaren wieder hoch. Die Lungen brannten. Er hechelte nach Luft.
»Na, ich warte. Willst du dich nicht entschuldigen?«
Er nickte, bekam aber kein Wort heraus.
»Wird es bald?«
»...schuldigung...«
Er hörte sein verstümmeltes Wort wie von sehr weit her durch ein Rauschen von Wasserfällen. Hubschraubermotoren. Kieselsteine prasselten auf sein Hirn.
»Lauter. Ich verstehe nicht. Was willst du?«
»Ent...schuldigung ...«
O Gott, warum, warum? Hat die Quälerei jetzt ein Ende? War es das, was sie wollten? Meine Entschuldigung?
»Sag: Ich bin ein Schwein!«
Na meinetwegen, jetzt ist sowieso alles egal.
»Ich ... bin ... ein ... Schwein.«
»Lauter.«
»Ich bin ein Schwein.«
»Lauter.«
Diesmal stupste der Baseballschläger ihn nur ganz leicht. Aber gleich loderte der brennende Schmerz wieder auf.
Er schrie es heraus: »Ich entschuldige mich. Entschuldigung!«
Leises, gemeines Kichern und Lachen. Und dann diese unnatürliche Ruhe. Niemand schien sich zu bewegen. Nur der Wind ließ ein paar Bäume knarren.
Stefan Sieberg lauschte voller Angst.
Die Hoffnung auf den Polizeiwagen hatte er aufgegeben. Die Sirenen waren nicht näher gekommen. Man hatte sie einfach abgestellt. Wer sollte die Polizei auch gerufen haben? Die steckten doch alle unter einer Decke. Machten gemeinsame Sache gegen ihn. Wahrscheinlich sah die halbe Siedlung zu, wie er hier wimmernd und blutend kniete. Die

meisten gönnten es ihm. Wer kann schon Staatsanwälte leiden?
Außerdem hatte Susanne alle auf ihre Seite gezogen. Sie ließ ihm nicht einen Freund. Alle »gemeinsamen Freunde« hatten sich als »ihre Freunde« entpuppt.
»Was jetzt? Sollen wir ihm den Schwanz abschneiden?«
Schützend legte Stefan seine Hände vor die Geschlechtsteile. »Nein!« entfuhr es ihm.
Gegröle.
Er hörte es deutlich heraus. Das war nicht ernstgemeint. Sie wollten ihn bloß erschrecken. Weideten sich an seiner Furcht.
»Übergießt ihn mit Benzin und zündet ihn an!«
Stefan Sieberg hatte das Gefühl, innerlich zu gefrieren. Ohne jede Emotion war das dahingesagt worden wie eine technische Gebrauchsanweisung.
Den Knopf drehen und dann den Hebel ziehen ...
Stefan sprang auf. Er schaffte es tatsächlich, auf die Beine zu kommen. Er schlug blind um sich. Seine Faust zerteilte das Blattwerk eines Hagebuttenstrauches.
»Ihr könnt doch nicht ...«
Der Baseballschläger traf ihn am rechten Knie. Stefan brach wieder zusammen.
»Los. Schüttet Benzin über ihn. Ich will ihn brennen sehen.«
Jemand schluckte schwer.
Stefan Sieberg wand sich auf dem Boden wie ein angeschossenes Kaninchen.
Das war es, Stefan, dröhnte es in seinem Hirn. Das war es. Du stirbst geschunden und gedemütigt. Hundert Meter von deiner zertrümmerten Wohnung entfernt. Allein. Völlig verlassen gehst du drauf. Du hast keine Hilfe zu erwarten.
»Äi, wo willst du hin?«

»Ich muß mal.«
»Du bleibst hier.«
»Aber ich ... ich muß!«
»Piß ihn an.«
Stefan Sieberg verlor jede Hoffnung. Das Wort »Gehirnschlag« pochte sich in sein Bewußtsein. Für einen Moment ging die Welt unter. Endlich.
»Na Alter, was hältst du davon? Möchtest du, daß wir dich anpissen – oder willst du lieber angezündet werden?«
Wieder wurde Stefan an den Haaren hochgerissen. Der höllische Schmerz im rechten Knie machte es ihm unmöglich, sein Gewicht gleichmäßig auf beide Beine zu verlagern. Er versuchte, sich mit den Armen abzustützen, suchte Halt, bekam ein Hosenbein zu fassen, krallte sich hinein.
»Also, was willst du? Du hast die freie Wahl. Sind wir nicht nett zu dir?«
Lieber Gott, mach daß ich ohnmächtig werde. Gib, daß ich es nicht sage. Nicht. Gib mir Kraft. Nur dies eine Mal. Laß mich nicht darum bitten. Laß sie ein Einsehen haben.
»Ha! Was ist? Bist du taub?«
Er hörte, wie der Baseballschläger geschwungen wurde. Jetzt sprangen Tränen aus seinen Augen.
»Nein! Nicht! Nicht mehr schlagen! Bitte!« winselte er.
»Sag, daß wir nett zu dir sind.«
»Ihr seid nett zu mir. Ja, wirklich!«
»Zündet ihn endlich an!«
»Nein. Bitte! Bitte nicht!«
»Was willst du dann? Sag es uns. Du kannst wählen.«
O Gott, bitte laß es mich nicht sagen.
»Pißt mich an.«
Es war raus. Er glaubte, daran krepieren zu müssen, aber so war es nicht. Etwas in ihm zersprang. Etwas Elementares ging kaputt. Ein letztes Stück Stolz.

»Lauter.«
»Pißt mich an.«
»Das heißt: bitte. Er soll bitte sagen.«
»Bitte. Bitte, pißt mich an.«
»Na gut, wenn du es unbedingt willst. Wer kann schon eine Bitte abschlagen, wenn sie so nett vorgetragen wird.«
Sie nestelten an ihrer Kleidung herum. Reißverschlüsse ratschten auf.
Stefan fiel um. Er wurde aufgerichtet und in Position gebracht.
»Kopf hoch!«
»Ja, so. Und jetzt Maul auf.«
Stefan öffnete seinen Mund und versuchte sich vorzustellen, daß er alles nur im Kino sah. Das hier geschah nicht ihm. Es war nicht sein Körper.
Und selbst wenn – sind Seele und Körper eine Einheit? Niemals.
Ich bin nicht mein Körper. Ich habe meinen Körper nur, so wie ich ein Auto habe, eine Wohnung ... Alles zerstört. Wenn ich meinen Körper nur habe, dann kann ich ihn auch verlassen. Dann kann ich jetzt raus aus dieser verfluchten Haut. Ihr schändet hier nur meine Knochen, nicht mich.
Der erste warme Strahl traf ihn am Hals und wanderte von dort hoch zum Kinn. Der zweite, mit mehr Druck, ins Ohr. Sie versuchten, in seinen Mund zu treffen.
»Zielschießen!« lachte einer.
Stefan spürte den heißen Blick aus Angelikas Augen auf sich ruhen. Er sah sie nicht. Aber er wußte, daß sie da war und es genoß. Na, hast du jetzt genug?
»Treffer!«
Seine Mundhöhle füllte sich augenblicklich. Der Brechreiz drückte seine Gedärme zusammen. Alles in ihm zuckte rhythmisch.

Seine Kleidung weichte durch. Zunächst klebten die Klamotten naß und warm an ihm. Dann wurden sie kalt. Er roch nach Bierpisse. Und immer noch wurde er nicht ohnmächtig.
Sie schütteten sich die letzten Tropfen aus den Schwänzen und verstauten ihre Spritzen wieder in den engen Hosen.
Als sei es noch nicht genug, spürte Stefan Sieberg, daß er angespuckt wurde. Nein, er spürte es nicht wirklich. Er hörte es.
Das war Angelika Riedel. Sie mußte seinen Peinigern ein stummes Zeichen gegeben haben, denn plötzlich waren sie weg.
Stefan Sieberg befühlte sein klebriges Gesicht.
Seine Augen waren zugeschwollen, nur noch winzige verschleierte Sehschlitze.
Sein rechtes Knie schwoll zu einem Fußball an. Die gebrochenen Rippen bereiteten ihm nur Schmerzen, wenn er atmete oder sich bewegte.
Er kroch vorwärts.
Nein, er würde jetzt nicht sofort die Polizei rufen. Er brauchte einen Arzt. Doktor Muffhardt. Der alte Kumpel konnte ihn jetzt nicht im Stich lassen. Er mußte kommen.
Stefan schaffte es bis zur Laterne. Dort übergab er sich mit einem heftigen Schwall. Er scheute das Licht. Niemand sollte ihn so sehen.
Und niemals würde er jemandem erzählen, was ihm passiert war. Diese Sache mußte ein Geheimnis bleiben zwischen seinen Peinigern und ihm. Er wollte auf keinen Fall darüber reden. Niemals.
Wenn die anderen davon erfahren, kannst du nicht einmal mehr zum Dienst erscheinen. Dann bist du wirklich restlos erledigt.
Im Schutz der Häuser und Vorgärten kroch er weiter.

Am Hals begann unter der klebrigen Feuchtigkeit die Haut zu jucken. Er kratzte sich. Der Juckreiz wurde schlimmer als die Schmerzen beim Atmen, und selbst das aufgeblähte, pochende Knie vergaß er. Alles wurde von diesem Jucken dominiert. Es breitete sich vom Hals her wie ein Flächenbrand in alle Richtungen aus.
Er zerrte an seiner Kleidung, rieb, kratzte. Schon sammelte sich Blut unter seinen Fingernägeln. Doch der Juckreiz hielt an, wurde aggressiver. Schmerzte wie Säure.
Wasser! Ich muß sofort in kaltes Wasser springen!
Aber in seiner Nachbarschaft hatte niemand einen Swimmingpool im Garten.
Keine fünfzig Meter mehr bis zu seiner Wohnungstür.
Er pellte sich aus dem Baumwollhemd und warf es angewidert in einen Vorgarten. Jeder Fetzen Stoff auf seiner Haut wurde ihm zur Qual.
Er versuchte, auf allen vieren weiterzukommen, immer bemüht, nicht mit dem rechten Knie anzustoßen.
Keine dreißig Meter mehr.
Wenn ich erst unter der Dusche stehe, habe ich das Schlimmste hinter mir. Hauptsache, es sieht mich niemand. Werd jetzt bloß nicht ohnmächtig, Stefan. Halte durch.
Auf der gegenüberliegenden Straßenseite wurde eine Tür geöffnet. Im Lichtkegel erschien ein Pärchen. Fröhlich und angetrunken. Auch das noch! Stefan Sieberg rollte sich hinter eine kurzgeschorene Hecke. Bitte, bitte, lieber Gott, laß sie jetzt nicht noch Kochrezepte austauschen. Ich halte es nicht länger aus. Ich drehe gleich durch.
Er lag mit dem nackten Oberkörper auf weicher, umgegrabener, frisch gedüngter Erde. Ein Käfer kroch über seine linke Hand.
Warum tue ich das? Warum verstecke ich mich hier? Warum schreie ich nicht um Hilfe? Diesmal müßte selbst der

dümmste Polizist mir glauben. Sie würden mich ins Krankenhaus fahren, ein Protokoll aufnehmen ... Diesmal habe ich dich gesehen, Angelika Riedel. Diesmal gibt es keine Ausreden. Es ist nicht nur ein vager Verdacht. Ich weiß es. Da kommst du nicht raus.
Anstiftung. Beihilfe. Unterlassene Hilfeleistung. Scheiße, das sind doch schon wieder nur juristische Hilfskonstruktionen. Getan, wirklich getan hast du Luder natürlich nichts. Nur zugesehen und die anderen angestachelt. Aber das reicht. Diesmal habe ich dich.
Aber warum brülle ich nicht? Warum liege ich hier hinter dieser Hecke? Als ob ich selbst der Täter wäre und nicht das Opfer ...
Die Häuserzeile der Einfamilienbauten wirkte auf Stefan wie eine Reihe riesiger, viereckiger Köpfe, die aus dem Boden ragten und ihn anstarrten. Die Fenster waren aufmerksame Augen, in deren Leuchten Mißtrauen flackerte.
Stefan Sieberg schaffte es, auf die Füße zu kommen. Er hüpfte auf dem linken Bein vorwärts. Jedesmal, wenn er nach einem Sprung aufs Pflaster federte, war es, als ob lange, glühende Nadeln von den Rippen quer durch seinen Körper zu den Achselhöhlen getrieben würden.
Aber er erreichte seine Wohnungstür. Endlich. Er ließ sich dagegenfallen und fingerte nach dem Schlüssel.
Sein Atem quietschte wie ein durchdrehender Keilriemen.
Drinnen stürzte er zu seiner Bar. Er nahm sich drei halbvolle Flaschen und humpelte mit ihnen ins Badezimmer. Er verschloß die Tür hinter sich, ließ sich langsam auf den Boden sinken und versuchte, sich die nasse, erdige Hose von den Beinen zu pellen.
Am rechten Knie spannte der Stoff so sehr, daß er es nicht schaffte.
Er zerrte unter Schmerzen am Hosenbein, bis der Stoff riß.

Noch einmal öffnete er die Badezimmertür; er warf die Hose nach draußen und verschloß die Tür wieder.
Er wuchtete sich in die Wanne und ließ dampfendes Wasser ein. Dann öffnete er die erste Flasche, führte sie an die Lippen, legte den Kopf in den Nacken und schluckte.

11

Er saß, eingeklemmt zwischen Toilette und Wand, auf den Badezimmerfliesen. Er war nackt und fror.
Eine unangenehme Stimme störte ihn.
»So ist das heutzutage! Niemand hält diese Verbrecher auf. Die meinen, sie dürften alles. Randalieren. Autos zerdeppern. Leute verhauen. Glauben Sie nicht, daß die Polizei eingreift, o nein! Die halten schützend die Hände über unsere lieben Kleinen. Ja, ja. Diese Gesellschaft hat Monster großgezogen. Monster in Designer-T-Shirts und Jeans. Sadistisch. Brutal. Verantwortungslos ...«
Bin ich das?
Mit wem telefoniere ich? Himmel, wer ist am andere Ende? Pokerface? Horst?
Während sein Mund ohne Unterbrechung weitere Haßtiraden ausspuckte, untersuchten seine Augen den Raum. Das Telefon stand auf dem Toilettendeckel. Die Schnur kam unter der Badezimmertür hervor und führte quer durch den Raum zur Toilette. Zweimal um seinen rechten Fuß lag die Schnur verwickelt, als hätte er versucht, sich den Fuß abzubinden. Die Schwellung am Knie war zurückgegangen. Es schimmerte jetzt blau, gelb und grün.
»Wenn nicht bald hart durchgegriffen wird, legen die ganze Stadtteile in Schutt und Asche. Man kann doch gar nicht mehr unbewaffnet aus dem Haus gehen ...«

Bin ich das wirklich? Wie kann das sein? Mein Gott, warum rede ich so einen Mist zusammen? Ich habe nie öffentlich Law-and-order-Parolen vertreten. Ich höre mich ja an wie der rechtsradikale Gründer einer Bürgerwehr.
Wen habe ich bloß am Telefon? Hoffentlich nicht Pokerface. Oder gar Matzkowski? Nein. Den Oberstaatsanwalt bestimmt nicht. Dessen Nummer hätte ich erst aus dem Telefonbuch ... Oder habe ich einfach im Büro angerufen? Kälte. Angst. Überforderung. Er begann zu zittern.
Ich muß weiterreden. Einfach weiterreden, bis der Typ etwas sagt. Ich muß rausfinden, mit wem ich gesprochen habe.
Wenn ich es nicht herauskriege, kann ich niemandem mehr unter die Augen treten. Ich verlasse das Haus nicht mehr. Nicht einen Schritt, wenn ich nicht ...
Und was soll ich sagen? Was?
Schweigen. Einfach schweigen. Dann muß der andere reden.
Aber Stefan Siebergs Lippen gehorchten nicht. Er hörte sich weiterhetzen.
»Die Strafen sind heutzutage einfach zu lasch. Sanfter Strafvollzug. Resozialisierung. Helfen statt strafen. Da lachen die drüber. Schweine sind das! Primitive, gemeine Schweine.«
Leg auf, Stefan! Leg auf! Wer weiß, was du gleich noch sagst. Du machst alles nur noch schlimmer. Leg einfach auf. Erst mußt du deinen Mund wieder unter Kontrolle bringen. Du weißt ja nicht mehr, was du sagst.
Du wirst schon rausfinden, wen du da am Apparat hattest. Irgendwer wird dich darauf ansprechen, nur beende jetzt diese Peinlichkeit.
Stefan Sieberg versuchte, den Telefonhörer auf die Gabel zu drücken. Doch die linke Hand hielt ihn zitternd wieder an

seine Lippen. Mit der Rechten packte er zu und brach den Widerstand der Linken. Er knallte den Hörer auf die Gabel und fegte das Telefon vom Klodeckel auf den Boden. Es schepperte über die Fliesen. Der Hörer lag daneben. Das fordernde Tut-tut-tut nervte Stefan. Aber es erschien ihm fast unmöglich, aufzustehen.
Die Rippen!
Die gebrochenen Rippen erstickten jeden Versuch in einem Schmerzensinferno. Er zog das rechte Bein näher an den Körper und angelte so das Telefon heran. Er wählte die Nummer von Horst Muffhardt. Seinem vielleicht letzten Freund.
Diesmal brauchte er keine langen Erklärungen. Seine Stimme allein genügte, um Doktor Muffhardt zu überzeugen.
»Ich komme sofort, Stefan. Oder soll ich lieber einen Unfallwagen schicken?«
»Nein, Horst. Bitte. Komm selbst.«
»Okay.«
Er legte den Kopf gegen die Toilette und wartete.
Seine Freude über Horsts Hilfsbereitschaft wurde getrübt durch die quälende Frage: Mit wem habe ich da telefoniert? Mit wem?

12

Die Außentür war nicht verschlossen. Doktor Horst Muffhardt war auf einiges gefaßt, als er eintrat.
Glas zerknirschte unter seinen Schuhen. Mehr noch als die Zerstörung in der Wohnung und mehr noch als Stefans körperlicher Zustand beunruhigte ihn die zugeklebte Schlafzimmertür.

Noch vor einer halben Stunde hätte Doktor Muffhardt behauptet, jeden Patienten, jeden, den er so antreffen würde, sofort in die Geschlossene einweisen zu lassen.
Auch bei seinem Freund Stefan akzeptierte er zunächst die Ausreden nicht. Aber er fühlte sich irgendwie mitschuldig. Er wußte seit langem, daß Stefan Probleme hatte. Alkoholprobleme und die mit der plötzlichen, unerklärlichen Angst. Vielleicht hatte das alles weniger mit dem Alkohol zu tun ... Vielleicht.
Nach der Spritze wurde Stefan ruhiger. Seine Panik vor dem Krankenhaus aber blieb.
Doktor Muffhardt versorgte notdürftig das Knie und die Platzwunden am Kopf. Dann legte er einen Stützverband um Stefans Brustkorb.
»Du mußt in ein Krankenhaus. Ich bin Neurologe. Ich verstehe nicht viel von Brüchen. Die Rippen könnten falsch zusammenwachsen. Wahrscheinlich mußt du in Gips. Auf jeden Fall brauchen wir erst einmal Röntgenbilder. Stefan? Hörst du mir überhaupt zu?«
»Ja«, antwortete Stefan zerknirscht. »Aber ich will nicht ins Krankenhaus. Und schon gar nicht in eine Klapsmühle!« brüllte er.
»Davon war auch nicht die Rede, aber du mußt dringend einen Entzug machen. Du brauchst eine Therapie ...«
Stefan schüttelte trotzig den Kopf. »Das haben wir doch alles schon tausendmal diskutiert. Ich brauch nur ein paar von den gelben Bomben, und ich steh wieder aufrecht im Ring.«
»Ich kann diesen schleichenden Selbstmord nicht länger unterstützen. Weißt du, daß ich mich strafbar mache? Ich darf dir die bunten Packungen nicht einfach so verschreiben wie ein Grippemittel. Die Dinger sind gefährlich. Die mußt du unter meiner Aufsicht nehmen, wenn du ambulant ent-

ziehen willst. Aber du ... Du wirfst sie ein, um weitersaufen zu können.«

»Ach, leck mich doch!«

»Warum hast du die Tür verklebt?«

»Weil ... weil ...« Jetzt guckt er mich schon an wie diese Göre. Das gottverdammte Luder. »Weil ein giftiger Skorpion dahinter auf mich lauert. Ein dreizehnjähriges Mädchen will mich damit erledigen. Sie ist auch für die Zerstörung von meinem Auto verantwortlich.«

Ungläubig fragte Doktor Muffhardt: »Und sie hat dich auch zusammengeschlagen, ja?«

»Nein. Ihre Bande.«

Niemand glaubt mir. Niemand. Nicht einmal mein bester, mein einziger Freund.

»So so ... ihre Bande ...«

Sprich nicht so, Horst. Nicht in diesem Ton. Bitte.

»Wer ist sie? Al Capones Enkelin oder Luzifers uneheliche Tochter?«

»Ich weiß, wie unglaubwürdig das alles klingt, aber ...«

»Stefan! Du braucht jetzt Hilfe. Sei vernünftig. Tief in dir drin weißt du, was richtig für dich ist. Sonst hättest du mich nicht angerufen.«

Etwas in Stefan Sieberg klappte zusammen. Ein Rest Widerstand fiel um. Ein Rest Stolz schmolz. Er ließ Schultern und Kopf hängen und ergab sich. Er sah endlich ein, daß er allein nicht länger klarkam. Er kapitulierte.

Doktor Muffhardt half ihm zur Tür.

»Wir fahren jetzt ins Marienhospital. Du mußt beobachtet werden. Ich vermute, du hast eine schwere Gehirnerschütterung. Ein paar Tage Ruhe, und alles sieht gleich ganz anders aus.«

Stefan Sieberg sah seinen Freund an. Doktor Muffhardt erkannte in dem Blick die bange Frage: Was, wenn sie mir

dort nichts zu trinken geben? Die letzte, die größte Angst des Alkoholikers: Was, wenn der Nachschub abreißt?
»Nimm deine Tabletten mit. Sie werden dir über die schlimmste Zeit hinweghelfen. In zwei, drei Tagen bist du über den Berg.«
Es kam Stefan Sieberg vor wie ein Urteil: Zwanzig Jahre bei Wasser und Brot. Unvorstellbar, daß er die nächsten zwei Tage ohne Schnaps würde überleben können. Er wußte ja nicht einmal, wie er über die nächsten zwei Minuten kommen sollte.
Er ließ sich von Doktor Muffhardt abführen.
Als sie draußen am Autowrack vorbeikamen, fragte Horst Muffhardt: »Ist das dein Auto?«
Stefan Sieberg nickte stumm.
Horst Muffhardt schüttelte den Kopf.
»Wo bist du hineingeraten, Alter?«
Stefan Sieberg spürte, daß seine Augen überliefen. Er kämpfte nicht dagegen an. Er fürchtete sich vor dem, was in den nächsten Stunden aus ihm herauskommen könnte. Es war eine alte Angst. Die Angst eines Kindes vor dem dunklen Wald. Tief in ihm hausten Monster. Sie hatten nur ein Ziel: seine Zerstörung. Er hörte ihr höhnisches Lachen, wenn er tatenlos zusah, wie sein Lebensfluß in eine einzige Kloake strömte. Magisch angezogen von dem modrigen Gestank.
Er hatte die Monster in einen dicken Tresor gesperrt. Die Zahlenkombination hatte er vergessen. Die Schlüssel weggeworfen.
Der Gedanke, jemand könnte die Kombination schon bald entschlüsseln und den Tresor knacken, ließ ihn zittern.
Gleichzeitig sah er seinen Freund, Horst Muffhardt. Ein Gefühl tiefer Dankbarkeit und Zuneigung erfaßte ihn. Am liebsten hätte er ihn geküßt. Aber die Angst vor dem Inne-

ren des Tresors spülte jede andere Gefühlsregung weg und machte ihn apathisch wie eine Strohpuppe.

13

Nachdem er sich dem Krankenhaus ausgeliefert hatte, ging es ihm zunächst besser. Er ließ sich in die Institution fallen wie in ein weiches Kinderbett. Er gab jede Verantwortung für sich ab und ließ sich treiben wie ein Stück Holz im Fluß. Er kam sich hier auf elementare Art gesund vor. Für das Personal war er nichts Besonderes. Sie waren den Umgang mit Kranken gewöhnt. Sie bestaunten ihn nicht. Hier war er Teil einer täglichen Normalität. Der Normalität von Krankheit, Unfall und Tod. Sie versuchten nicht, in peinlichen Verhören seinen Geisteszustand zu prüfen. Nein, hier ging es um wohltuend banale Dinge.

Zunächst: »Privatpatient oder Kasse?«

Dann: »Wo versichert?«

Und schließlich: »Beruf?«

»Name?«

»Wohnort?«

»Geburtsort?«

»Alter?«

Früher hätten ihn solche Fragen genervt. Er saß da mit seinem Schmerz, erhoffte rasche Hilfe, und dann kamen diese Fragen. Früher hatten sie für ihn geklungen wie: »Wer steht gerade für die Kosten, die Sie verursachen?«

Jetzt taten genau diese Fragen ihm gut. Sie demonstrierten, daß ein paar Dinge sicher waren. Es gab Wahrheiten. Eindeutige, überprüfbare Wahrheiten.

Es erstaunte ihn, mit welcher Genauigkeit er die Angaben über sich machen konnte. Und niemand widersprach.

»Ich heiße Stefan Sieberg und bin Staatsanwalt.«
Das Nicken der Schwester beim Ausfüllen der Karteikarte wirkte heilsamer als die anschließende Prozedur. Sie versicherte ihm – ohne es zu ahnen –, daß er er war. Eine Identität hatte. Einen Namen, einen Beruf, eine Wohnung und eine Krankenkasse, die für ihn zahlen würde. Das war doch schon einmal etwas. Er hatte es zu etwas gebracht im Leben. Außerdem: Er stand nicht allein da. Er hatte einen Freund: Doktor Muffhardt. Wer kann das von sich sagen: Ich habe einen Freund!?
Ja, in guten Tagen ... Klar. Da hat jeder Freunde. Aber in schlechten ... Wenn es einem mies ging, wenn man ganz unten war ... Dann kam die Zeit, in der auch der geselligste Mensch erfahren mußte, was das heißt: Einsamkeit. Im Grunde waren doch alle allein.
Helmut Riedel würde darüber vermutlich nur lachen. Der hatte auch noch in größter Not Freunde. Selbst dann noch, als er verurteilt und öffentlich ins Unrecht gesetzt war.
Aber warte es ab, Riedel. In der Einsamkeit deiner Zelle werden auch dir bald Zweifel kommen. Frauen sind nicht treu. Nicht, wenn sich eine günstige Gelegenheit bietet. Und selbst dein eigen Fleisch und Blut wird bald lieber auf Geburtstagsparties gehen, als um dich zu trauern.
»Sie werden dich alle vergessen! Alle!«
Die erschrockenen Blicke der Schwester, wie sie hochfuhr und dabei die Karteikarte auf den Boden fegte, machten ihm klar: Er hatte die letzten Worte herausgebrüllt. Er merkte plötzlich, daß er nicht mehr saß, sondern mit geballten Fäusten vor der Schwester stand.

14

»Meine gelben Bomben! Wo ist mein Distraneurin? Ich brauche meine Tabletten! Ich bin krank! Ihr habt sie mir abgenommen! Als ich geschlafen habe! Das ist unfair!«
Er weinte.
Die Schwester stellte das Tablett auf seinen Nachtschrank. Kartoffelpüree. Apfelmus. Putenbrust. Eine Scheibe Ananas.
»Ich will den Fraß nicht! Nehmen Sie das mit! Ich will ...«
Widerwillig atmete er den Duft der Speisen ein. Er würgte trocken. Es begann mit einem Husten. Es wurde zum Brechreiz.
Er wollte kotzen. Doch sein Magen brachte nur Galle hoch.

15

Noch bevor er die Augen öffnete, spürte er, daß Weiß ihn umgab. Er konnte die Farbe riechen, durch die Poren fühlen. Nur sein Mund war taub. Die Lippen trocken. Aufgesprungen. Der Gaumen mit Kratzwolle tapeziert.
Knüppelschwer lag die Zunge im Mund. Er versuchte, sie zu bewegen. Er konzentrierte sich ganz auf die Zunge. Bilder von in der Kälte erstarrten Leguanen flackerten in ihm auf. Er hatte keine Zunge mehr im Mund, sondern ein schuppiges Tier. Es war in Totenstarre gefallen.
Er schüttelte den Kopf. Aber so wurde er das Tier nicht los. Es lag im Sterben. Es hatte sich in seinen Mund zurückgezogen wie in den schützenden Mutterleib.
Er zwang sich, die Augen zu öffnen. Er mußte nach der Schwester klingeln. Die Ärzte konnten das Tier entfernen. Hier gab es Chirurgen. Er war sicher.

Aber seine Finger erreichten den Notrufknopf nicht. Schwer und ungelenk lagen sie auf dem weißen Bettbezug. Er richtete seinen Blick zur weißgetünchten Decke. Er suchte einen farbigen Punkt. Das Weiß erdrückte ihn plötzlich. Es wurde bissig, angriffslustig.

Fiebernd, hektisch suchend, tasteten seine Augen die Wand ab. Dann das weiße Bettuch. Nur ein einziger farbiger Punkt würde ausreichen, um ihn zu retten. Nur ein winziger Fleck! Der blaue Himmel! Ja, das war es. Er reckte den Kopf, krümmte sich wie unter stechenden Schmerzen und versuchte, einen Blick auf den blauen Himmel zu erhaschen. Aber der Teil des Fensters, den er erspähen konnte, wurde von einer dicken weißen Wolke verdeckt.

Er kniete im Bett und kratzte am Putz. Vielleicht gab es darunter eine vergessene Schicht... Vielleicht ein bißchen Grün oder Blau ...

Sinnlos. Er pulte nur Löcher in die Wand.

Es mußten irgendwo Spuren der Vergangenheit sein. Sie konnten unmöglich alles so gründlich geweißt haben. Das Bett. Die Laken. Vielleicht gab es irgendwo einen winzigen Blutfleck. Resistent gegen Waschmaschinen und Bleichmittel. Er zerwühlte das Bett, riß die Laken von der Matratze. Ein Tropfen Rot. Nur ein kleiner Tropfen.

Da kam ihm der rettende Gedanke.

In dem weißen Spind dort mußten seine Sachen hängen. Kariertes Hemd. Jeans. Farben!

Er sprang aus dem Bett.

Seine Füße berührten den Boden, doch sie fanden dort keinen Halt. Der Boden gab nach. Wackelte. Schüttelte ihn durch. Für Sekunden war er sicher: Gleich würde sich unter ihm das Tor zur Hölle öffnen.

Auf der Fensterbank sah er jetzt Angelika Riedel sitzen und grinsen. Sie weidete sich an seinem Anblick. Sie hatte die

Beine weit gespreizt und spielte mit einer Hand an sich herum. Sie sah unschuldig aus, verträumt. Als wüßte sie nicht, was sie tat. Dann veränderte sich ihr Gesicht. Ihr genießerisches Lächeln wurde zu einem bösen Grinsen.
»Du hast meinen Daddy verurteilt!« spottete sie. »Schau dich an! Jetzt holt dich der Teufel!«
»Ich war es nicht! Es war der Richter!« brüllte er.
Dann rettete ihn ein schwarzer Punkt, der aus dem Nichts auf ihn zusauste und ihn traf wie ein Vorschlaghammer.

16

Entweder hatte er die Zungenoperation schadlos überstanden, oder der Leguan hatte die schützende Höhle nachts heimlich verlassen. Jedenfalls war seine Zunge wieder seine Zunge.
Die Krankenhausverwaltung mußte ein Einsehen gehabt haben. Sie hatten ihn in ein anderes Zimmer verlegt. Immer noch viel zuviel Weiß. Aber es gab auch andere Farben. Vom Fußboden bis zur Höhe des Notrufknopfes waren die Wände hellblau gestrichen. Ab dort wieder dieses unerträgliche Weiß. Es hatte seine Aggressivität eingebüßt, war aber noch da.
Plötzlich das Gefühl, sofort ein Fenster öffnen zu müssen. Er konnte hier – so – nicht weiteratmen. Sie wollten ihn ganz langsam ersticken lassen. Alles war dicht.
Er wollte aufstehen und zum Fenster gehen.
Er kam nicht hoch.
Er versuchte es noch einmal.
Wieder nichts.
Er bewegte die Finger.
Kein Problem.

Nur langsam erkannte er: Sie hatten ihn ans Bett geschnallt. Sind die wahnsinnig?
Was, wenn jetzt Angelika Riedel reinkommt? Sie wird die Situation ausnutzen! Sie wird kommen und mich töten. Vielleicht schneidet sie mir zuerst den Schwanz ab. Aber dann, dann wird sie mich ...
O mein Gott! Natürlich kommt sie hier herein. Sie ist ein Kind. Niemand wird Verdacht schöpfen. Alle sind arglos, wenn ein Kind im Krankenhausflur ...
Man wird ihr sogar den Weg zu meinem Zimmer erklären. Sie könnte behaupten, meine Nichte zu sein. Sie wird mit einem Blumenstrauß in der Tür stehen und ...
Er kreischte los, versuchte, sich mit den Beinen freizustrampeln, und als es nichts nutzte, machte er wellenartige Fluchtbewegungen mit dem ganzen Körper, wie ein an Land gezogener Fisch, der versucht, zappelnd mit Schwanzschlägen das rettende Wasser zu erreichen.
Aber in seinen ziellosen Bewegungen lag schon eine Art Resignation. Er warf den roten Kopf von rechts nach links und brüllte weiter.
Die Zimmertür wurde geöffnet.
Zunächst sah er — wie durch einen Nebelschleier — nur die Spritze auf dem silbernen Teller. Worte, die beruhigend sein sollten, ihn aber nur rasend machten, hingen wie Spinnweben im Raum. Die Schwester machte sich an seinem Arm zu schaffen.
»Nein! Nein! Ich will nicht!«
Dann erkannte er ihr Gesicht: Angelika Riedel.
Für eine Krankenschwester war sie ein bißchen zu jung und zu zierlich. Aber die weiße Tracht paßte, wie für sie gemacht.
»Hiiiiillllfeeeee! Mörder! Faß mich nicht an, du Biest! Du Bestie!«

Er spürte den Einstich nicht. Aber der Saft der Spritze jagte schon durch seine Blutbahnen und löschte das Gefühl der Angst aus.

17

Als er die Suppe roch, wußte er: Die würde er bei sich behalten. Die Kotzerei hatte ein Ende. Vorbei das Würgen, wenn er nur an Nahrung dachte.
Mit dieser Suppe begann eine neue Zeitrechnung für ihn. Er konnte wieder essen. Die Hand zitterte noch, doch auch das würde sich bald geben. Er pustete sinnloserweise, denn die Suppe war nur lauwarm.
Hatte er je im Leben etwas so Leckeres im Mund gehabt? Was war das hier? Ein Drei-Sterne-Restaurant aus dem Michelin oder ein Krankenhaus?
Er schluckte.
Wider Erwarten kam das Zeug wieder hoch. Der Magen weigerte sich, es anzunehmen. Ach was, der Magen! Nicht einmal seine Speiseröhre hatte es passiert.
Tapfer schluckte er noch einmal. Jetzt ging es. Ein Löffel Suppe, der warm die Eingeweide durchströmte. Das erste Erfolgserlebnis seit ... Tagen? Wochen?
Er hatte keine Ahnung.
Er löffelte weiter. Das fettige Zeug tropfte an seinem Kinn herunter. Egal. Es kam ihm vor, als würde er Leben in sich hineinschaufeln. Leben. Leben? Leben!
Als die Schwester hereinkam und ihn essen sah, lächelte sie.
»Es geht bergauf, Herr Sieberg.«
Er nickte.
»Sie haben heute ein Gespräch mit Herrn Äulich.«
»Äulich? Wer ist das?«

Sie hat den Namen so komisch ausgesprochen. Warum schaut sie mich nicht an dabei? Warum sagt sie nicht Oberarzt oder Chefarzt? Warum Herr Äulich?
»Unser Herr Äulich ist nett. Er wird Ihnen gefallen.«
Dieser Kindergärtnerinnenton!
»Wer ist das?«
»Nun, sagen wir einmal, eine Art Psychiater. Aber erschrekken Sie nicht gleich. Sie können jederzeit gehen, wenn Sie wollen. Sie sind freiwillig hier. Sie haben einen schweren Entzug hinter sich.«
»Ich ... ich bin nicht verrückt. Ich hatte nur eine kleine Krise. Nett, daß Sie mir geholfen haben.«
Sie lächelte. »Kleine Krise ist gut. Sie sahen übel aus, das können Sie mir glauben. Nun werden Sie sich bald wieder fühlen wie neugeboren. Wenn Sie weiter solchen Appetit haben ...«
Ihre Augen zuckten erfreut. Etwas fiel ihr ein. Sie kniete sich vor seinen Nachtschrank und nahm ein Päckchen heraus. Mit einer beinahe stolzen Geste überreichte sie es ihm.
»Das ist für Sie abgegeben worden.«
»Ein Päckchen für mich?«
Ungläubig hob er es hoch. Schüttelte es und lauschte daran. Seine Gesichtszüge verhärteten sich.
Die Schwester ... Angelika Riedel! Sie schickte ihm ein Todespäckchen. Aber so dumm war er nicht. Das würde er nicht öffnen. Er schubste es von der Bettdecke.
»Aber Herr Sieberg!«
»Das ist von ihr! Sie schickt mir einen Skorpion oder eine Giftschlange oder ...«
Die Schwester nahm das Päckchen sorgfältig auf und schaute es genau an.
»Es ist wahrscheinlich von Ihren Eltern. Hier steht deutlich der Absender ...«

Stefan lachte gequält. »Glauben Sie, das Luder schickt mir ein Todespaket mit dem eigenen Absender? Die ist nicht blöd.«

»Aber Herr Sieberg! Vielleicht sollten wir jetzt gemeinsam das Paket öffnen. Vermutlich ist Schokolade darin. Pralinen. Ein Buch vielleicht ...«

Sie ergriff den Dessertlöffel auf seinem Nachttisch und hebelte damit das Packpapier auf.

»Nicht!« schrie er. »Nicht! Vielleicht ist eine Bombe darin. Es kann explodieren!«

Die Schwester schüttelte den Kopf. Vorsichtshalber drückte sie den Hilferuf. Dann riß sie das Paket auf.

Stefan hechtete aus dem Bett und rollte sich darunter. Er hielt sich die Ohren zu. Von unten sah er nur ihre Beine. Als nichts geschah, ließ er zunächst wieder Töne an seine Ohren.

»Kommen Sie. Alles ist gut. Wie ich gesagt habe. Ein Buch, Pralinen, Erdnüsse und eine Postkarte. Soll ich sie vorlesen?«

Und wenn das eine Finte ist? Wenn sie mir den Skorpion auf den Rücken wirft, sobald ich unterm Bett hervorkrieche ... oder eine Giftschlange direkt in den Nacken?

Vielleicht sagt sie die Wahrheit, dann hast du dich bis auf die Knochen blamiert. Sie wird dich auslachen ... wie Susanne.

»Also, soll ich vorlesen? Auf der Karte steht:

Lieber Sohn, herzlichen Glückwunsch zu Deinem Geburtstag. Schade, daß Du ihn im Krankenhaus verbringst. Doktor Muffhardt hat uns informiert. Wir wünschen Dir alles Gute und vor allen Dingen gute Besserung. Mutti und Papa.«

Er fühlte sich elend. Vielleicht wäre ihm ein Mordanschlag lieber gewesen. Ja, so weit hatte diese Göre ihn schon gebracht.

Die Tür ging auf. Er sah Männerschuhe.
»Was ist denn, Schwester?«
»Ach, Herr Äulich, vielleicht erklärt Ihnen Herr Sieberg das besser selbst.«
»Wo ist er denn?«
»Unter dem Bett.«

18

Seinem Verlangen, ihn auf eigene Verantwortung zu entlassen, setzten sie sanften, dafür aber zähen Widerstand entgegen.
Er müsse erst noch ein Formular unterschreiben. Zunächst konnten sie es nicht finden. Als es dann endlich – nach Stunden – auftauchte, war es angeblich für die Verwaltung schon zu spät, um die Entlassungspapiere auszustellen. Folgsam blieb er also über Nacht.
Am anderen Morgen lief wieder nichts in seinem Sinne. Er fühlte sich so gut, daß er demonstrativ vor den Augen der Schwester Kniebeugen machte, aber ein Verwaltungsangestellter hatte seine Quartalsgrippe genommen und damit das Büro lahmgelegt.
Ein Krankenbericht mußte noch getippt werden ... Der Oberarzt sollte noch etwas unterzeichnen ... Herr Äulich bat um ein weiteres Gespräch, war aber im Moment nicht abkömmlich ...
Stefan Sieberg begann, sich als Gefangener zu fühlen. Man behandelte ihn höflich. Lächelte nett, entschuldigte sich für die Verzögerungen, aber er wurde das Gefühl nicht los, belogen zu werden. Die Menschen sagten nicht, was sie dachten. Sie bemühten sich, harmlos zu erscheinen, waren es aber nicht.

Mein Status als Staatsanwalt, dachte Stefan Sieberg, bringt sie dazu, sich zu verstellen. Einen anderen, »normalen« Patienten hätten sie längst in eine Zwangsjacke gesteckt. Bei mir haben sie Angst. Sie wollen mich nicht gehen lassen, sie möchten mich legal hier halten. Jeder fürchtet, hinterher für seine Handlungen zur Rechenschaft gezogen zu werden. Sie wissen, daß sie im Unrecht sind. Sie wollen sich nicht schuldig machen. Ich sehe ihr Unrechtsbewußtsein. Ich bin auch als Patient immer noch Staatsanwalt. Bald könntet ihr auf der Anklagebank sitzen.
Freiheitsberaubung ... Und was habt ihr mir gespritzt? Wahnsinnsdrogen? Ich hatte doch nicht wirklich einen Leguan im Mund ... Ihr habt mich mit eurem Mist vollgepumpt, statt mir meine gelben Bomben zu geben. Versteckt habt ihr sie vor mir ... Das war mindestens unterlassene Hilfeleistung. Wenn nicht vorsätzliche Körperverletzung ... Ich seh euch schon auf der Anklagebank schwitzen.
Aber bevor ihr mich mundtot macht, haue ich ab. Ich lasse mich nicht länger hinhalten. Ich werde jetzt einfach gehen. Als freier Mann. Wer versucht, mich daran zu hindern, macht sich strafbar. Das Gesetz ist auf meiner Seite. Ich kann den ganzen Laden hier hochgehen lassen, wenn ich will.
Nehmt euch vor mir in acht. Ich habe schon ganz andere Leute wegen viel geringerer Vergehen hinter Gitter gebracht. Ihr ahnt nicht, mit wem ihr euch anlegt.
Er zog sich an. Langsam. Beinahe genüßlich. Er spürte eine lange nicht mehr gekannte Siegesgewißheit. Alles würde gut werden.
Aufrecht ging er durch die Flure des Krankenhauses. Niemand hinderte ihn. Er wurde nicht einmal angesprochen. Zu seinem Erstaunen teilte sich die automatische Glastür geräuschlos vor ihm.

Er atmete tief durch und trat ins Freie.

19

Er hatte sich das Haus bombastischer vorgestellt.
In der Verhandlung hatte es sich so angehört, als hätte Helmut Riedel in übertriebenem Luxus gelebt. Aber es war ein einfaches Einfamilienhaus mit Einliegerwohnung. Gediegen, mit Vorgarten und Doppelgarage. Hier stand ein solches Häuschen neben dem anderen. Keine Villen.
Wahrscheinlich wohnten hier mehr Lehrerehepaare als irgendwo sonst in der Stadt. Nein, protzig konnte man das nicht nennen. Eher gutbürgerlich. Gemütlich. Eine Spur zu rechtschaffen für einen Betrüger.
Er ging forsch auf das Haus zu, war entschlossen zu klingeln. Aber statt durch das Gartentor zu treten, spazierte er daran vorbei. Etwas stimmte noch nicht. Er war noch nicht wirklich bereit für die Konfrontation.
Er ging bis zur Straßenecke, drehte um und stolzierte zurück. Er zählte die Schritte bis zum Haus. Vierundneunzig.
Er versuchte im Vorbeigehen, durch die Fenster ins Haus zu spähen. Er glaubte, eine blau-weiß-karierte Tischdecke in der Küche zu erkennen. Die Hängegeranien am Balkon brummten voller Insekten. Menschen sah er nicht.
Noch zweimal schlenderte er am Haus vorbei. Drinnen klingelte das Telefon. Er fühlte sich dadurch gestört.
Eine Kreuzung weiter, an der Bushaltestelle in Richtung Innenstadt, wurde ihm klar, was nicht stimmte. Er fühlte sich unwohl in seiner Kleidung. Sie kratzte auf der Haut.
Er mußte sie loswerden. Er brauchte neue, frische, ungetragene Wäsche. Diese alten Klamotten machten ihn nervös.

Er wippte auf den Schuhsohlen, kam sich plötzlich durchtrieben vor. Ungeheuer clever. Kleider machen Leute. Dem größten Schuft glaubte man, daß er ein Gesetzeshüter war, wenn er im schwarzen Talar durch den Gerichtsflur schritt.

Der Bus würde ihn in die Stadt bringen. Er hatte eine EC-Karte. Damit verfügte er jederzeit über Bargeld.

Er freute sich darauf, Geld auszugeben. Wann hatte er sich selbst zum letzten Mal etwas Gutes getan?

Hatte er das überhaupt jemals?

Heute war genau der richtige Tag, damit zu beginnen. Er würde sich neu einkleiden, ohne dabei auf die Preisschilder zu achten. Was war schon Geld? Doch nichts weiter als bedrucktes Papier. Warum sollte er sparen?

Für wen? Frau und Kinder hatte er nicht.

Er lachte laut.

Ein junger Mann, der neben ihm auf den Bus wartete, sah ihn irritiert an.

Der Bus kam. Nur hinten, da, wo es am meisten schaukelt, saßen einige Schulkinder. Laut, ausgelassen, fröhlich.

Die Türen öffneten sich nicht einfach. Es kam ihm vor, als würden sie aufplatzen. Ja genau ... Innen im Bus mußte ein ungeheurer Druck herrschen. Die Türen hielten dem nicht länger stand.

Er fürchtete sich zwar vor dem Druck im Inneren des Busses, setzte aber trotzdem den linken Fuß aufs Trittbrett. Weiter kam er nicht. Er schaffte es nicht einzusteigen.

Der Fahrer sah ihn an. Er hob fragend die Schultern: »Na, was ist? Wollen Sie mit?«

Stefan Sieberg versuchte, den anderen Fuß nachzuziehen. Aber der Boden, plötzlich magnetisch geworden, gestattete es ihm nicht.

»He! Träumen Sie? Ich muß den Fahrplan einhalten.«

Resignierend trat Stefan Sieberg zurück. Kopfschüttelnd ließ der Fahrer die Türen zuklappen und startete.
Stefan nahm die Niederlage nicht schwer. Er brauchte den Bus nicht. Der Fußweg würde ihm guttun.
Er schritt weit aus.
Er hatte noch etwas zu erledigen.

20

Um das Wimmern nicht mehr hören zu müssen, schloß Atze die Tür. Er drehte den Schlüssel zweimal um.
»So«, sagte er zufrieden. »Jetzt erst mal ein Bier.«
Heinz Siemon wischte sich mit einem Frotteetuch den Schweiß vom Hals. Atze hielt eine eisgekühlte Dose an Heinz Siemons Stirn.
Heinz Siemon schüttelte den Kopf.
»Die Kleine hat mich ganz schön ins Schwitzen gebracht.«
Atze klopfte ihm anerkennend auf die Schulter. »Du warst großartig. Richtig professionell. Mensch — wie du sie rangenommen hast ... Die Ohrfeigen kommen gut. Ich habe voll auf ihr Gesicht gehalten.«
»Ich mag es nicht, wenn die Mädchen so zugedröhnt sind. Die hat kaum etwas mitgekriegt.«
Atze lachte und riß eine neue Dose auf.
»Sonst hätte sie dir das Gesicht zerkratzt. Außerdem — so, wie du sie durchgepflügt hast, wäre sie selbst im Tiefschlaf gekommen. Jetzt ist sie wach. Ein bißchen von ihrem Geflenne hab ich noch aufgenommen. Das macht sich gut zum Schluß. Sie heulen immer hinterher. Das kennst du ja. Aber gleich schläft sie wieder ein. Keine Sorge.«
»Ich will jetzt erst duschen.«
»Klar. Kein Problem. Zweite Tür rechts. Ich seh mir in der

Zeit alles noch mal auf dem Monitor an. Oder soll ich auf dich warten?«
»Nein.«
Heinz Siemon stand schon unter der Dusche. Atze saß rauchend vor dem Monitor. Keinen Meter vom Bild entfernt, so als ob er reinkriechen wollte. Zweimal war – wenn auch nur kurz – Heinz Siemons Gesicht zu sehen. Das würde er herausschneiden. Man konnte nicht vorsichtig genug sein. Auch der Ton war okay. Heinz Siemon weckte die Kleine immer wieder mit klatschenden Schlägen. Atze stellte lauter.
Angelockt von den Schmerzenslauten und dem Flehen, kam Heinz Siemon aus dem Badezimmer. Er trocknete sich im Flur weiter ab. Von dort aus konnte er auf den Monitor schauen.
Das Poklatschen lief gerade. Sie strampelte und schrie. Ihr Hintern leuchtete schon knallrot. Immer wieder hatte Heinz Simon versucht, ihn in einem günstigen Winkel vor die Kamera zu halten. Aber sie hatte sich wie eine Schlange gewunden, sich wieder und wieder zur Seite gekrümmt und ihren Po aus dem Bild gerissen.
»Vielleicht sollten wir die Szene noch einmal drehen. Du mußt dich einfach auf sie setzen. Oder nimm ihren Kopf zwischen die Knie, damit sie nicht so zappelt.«
»Ich habe keine Lust mehr.«
Verständnislos sah Atze Heinz Siemon an.
»Mensch, es geht hier um Geld. Viel Geld. Für das Band kassieren wir Fünfzig. Vielleicht Hunderttausend. Neulich hat ein Snuffvideo das Dreifache gebracht. Hat Dieter mir erzählt. Davon träume ich. Einmal bei einem richtigen Snuffvideo dabei zu sein. Als Kameramann, meine ich. Das andere könnte ich nicht.«
Heinz Siemon schlüpfte in seine Wäsche.

»Du meinst, du willst bei so einem richtigen Massaker filmen?«

Atze wiegte den Kopf.

»Sie soll schon richtig sterben. Ich will alles draufkriegen. Ihre Angst. Vollgeil. Angeblich kommen sie, Sekunden bevor sie ins Jenseits gehen. Ich kenne alle Filme, die es auf dem Markt gibt. Einer mieser als der andere. Verwackelte Bilder. Grausame Tonqualität. Stümperhafte Arbeit. Zufallsprodukte aus den Verhörkellern Lateinamerikas.«

Atzes Augen fieberten. Er redete wie im Rausch. Schwärmte sich erneut einen Ständer in die Hose.

»Das muß alles richtig inszeniert sein. Ein Zimmer – stell ich mir vor – richtig vorbereitet. Ganz in Schwarz. Keine verräterischen Spiegel an den Wänden, auf denen der Staatsanwalt hinterher das Gesicht vom Kameramann erkennt. Rundherum viele Kerzen. Das Licht muß die Atmosphäre einer schwarzen Messe schaffen. Die Kleine, auf ein Kreuz gefesselt, wird von einem Kapuzenmann langsam zu Tode gequält.«

Heinz Siemon setzte sich. Er drehte sich, ohne hinzusehen, eine Zigarette und hörte zu. Er sah es Atze an. Der würde es tun. Bald. Nicht für Geld. Das war nur ein vorgeschobenes Argument. Er würde es aus Leidenschaft tun. Um die letzte Grenze niederzureißen, die ihn von der Erfüllung seiner Träume trennte. Er wartete nur auf eine Gelegenheit.

»Das Ganze könnte lange dauern. Stunden. Vielleicht Tage. Man hätte dann hinterher genug Bandmaterial für einen Monumentalstreifen. Vielleicht gar in Fortsetzungen. Als Dreiteiler. Millionen könnte man damit machen. Dieter hat mindestens fünfzig Interessenten. Ich gut zwei Dutzend. In Holland würden wir allein fünfhundert Bänder los. Vielleicht tausend.«

Er wischte sich den Mund mit dem Handrücken ab und

feuchtete sich die Lippen dann gleich wieder mit der Zunge an. Kleine Speichelbläschen blieben darauf zurück. Sie sprühten beim weiteren Sprechen in Heinz Siemons Richtung. Aber sie erreichten ihn nicht. Ihr Flug verlor nach knapp einem halben Meter an Höhe und Geschwindigkeit.
»Was ich will, ist ein Glanzstück. Die Krönung aller Snuffs. Dazu gehört natürlich auch, daß es diesmal eine weiße Votze ist. Ich meine, eine deutsche oder zumindest eine europäische Lolita. Diesmal keine Asiatin. Ich bin ja kein Rassist, aber nach meiner Ehe kann ich keine Thaimösen mehr sehen. Von wegen, die sind sinnlich, geil und unterwürfig. Vielleicht vierzehn Tage lang. Dann werden sie auch zickig. Da ist jede deutsche Hausfrau devoter.«
Heinz Simon wies in die Richtung, aus der immer noch leises, besoffenes Weinen kam. »Du wirst es machen. Stimmt's?«
»Sicher. Ich suche nur noch die beiden Hauptdarsteller.«
»Wirst du es mit ihr machen?«
Atze ließ sich in den Sessel fallen und lachte.
»Nein. Wie kommst du darauf?«
Heinz Simon schluckte trocken, stierte auf die Bierdosen und zog an seiner Selbstgedrehten.
»Du mußt sie sowieso loswerden.«
»Aber warum ...«
»Sie kennt dich. Und diese Wohnung. Sie könnte reden.«
Als Atze antwortete, zog der Speichel in seinem Mund Fäden. Er wirkte jetzt wie ein Versicherungsvertreter, der sein Angebot anpreist und hofft, daß sein Kunde ihm glauben wird. Er hofft wirklich, daß seine Versicherung im Schadensfall zahlen wird, aber er kennt tausend Gegenbeispiele.
Er faltete die Hände wie ein Pastor und sagte: »Sie wird schweigen und froh sein, nicht daran erinnert zu werden.

Ich kenne das. Sie halten alle dicht. Sie schämen sich. Vor den Eltern, vor den Klassenkameraden, vor den Blicken der Verwandten. Sie fühlen sich irgendwie schuldig. Bei mir hat noch nie eine gepetzt. Die Kleine da wird reumütig nach Hause zurückkehren und alles vergessen. Wenn sie erzählt, was ihr wirklich passiert ist, wird ihre Niederlage dadurch nur noch größer.« Er lachte. »Nein, die Ausreißerin wird verbissen schweigen. Sie kann doch ihrer Mami gegenüber nicht zugeben, daß alles eingetroffen ist, was die ihr vorhergesagt hat: Geh nicht mit fremden Männern – Sei zu Hause, bevor es dunkel wird – Zieh nicht so kurze Röcke an –«

Er nahm noch einen tiefen Zug aus der Dose. Dann hielt er den Film an. Er spulte zurück, um sich die Szene noch einmal in Ruhe anzuschauen.

Er sah Heinz Simon nicht an, als er beiläufig fragte: »Würdest du es machen?«

»Was? Den Kapuzenmann?« entfuhr es Heinz Siemon.

Augenblicklich kapierte er, warum Atze so freimütig von seinem geplanten Snuffvideo erzählt hatte. Er suchte noch einen Hauptdarsteller. Einen Mörder. Einen, der ein Mädchen – vor der Kamera – langsam umbrachte.

Atze nickte. Aus den Augenwinkeln schielte er zu Heinz Siemon herüber und sagte leise, zum Monitor gewandt: »Du hast es doch schon mal gemacht.«

Heinz Siemon federte hoch.

»Ich glaube, ich muß gehen.«

Atze stand auf und sah ihm gerade ins Gesicht.

»Du stehst drauf. Das habe ich gleich gesehen. Du bist mein Mann. Mein Kapuzenmann.«

Heinz Siemon floh wie ein Tier. Atze sah ihm nach.

»He, warte! Es ist völlig risikolos für dich. Bleib doch hier! Ich würde es ja gern selbst machen. Aber für mich ist das

nichts. Ich bin ganz Auge. Ich kümmere mich um die Kamera. Wir suchen gemeinsam ein Vötzchen aus und dann ...«
Heinz Siemon schüttelte Atze von sich ab.
»Laß mich.«
Atze hielt ihn fest. Seine Stimme veränderte sich. Sie wurde schmieriger. »Du weißt, daß Dieter dich sucht? Er hat mich angerufen und mir alles erzählt. Er droht sogar, dich hochgehen zu lassen. Aber keine Angst. Von mir erfährt er nichts. Oder hat er deine Adresse schon? Er hat mir Tausend dafür geboten und ein kostenloses Filmchen mit seiner Tochter ... Aber ich verpfeif keinen Freund. Ich doch nicht ... überleg es dir. Und zieh dir mal was anderes an. Du siehst aus wie der letzte Penner.«

21

Mühelos zog Stefan Sieberg Geld mit der EC-Karte. Aber kurz vor dem Kaufhaus befürchtete er, es vielleicht nicht betreten zu können. Wahrscheinlich gab es auch dort so eine fauchende Türautomatik. Diese Dinger gaben ihm das Gefühl, in das offene Maul eines Raubtiers zu laufen. Seine Rückenhaare stellten sich bei dem Gedanken auf. Sein Magen krampfte sich zusammen. Die Füße wurden bleischwer, und der Kopf wurde wackelig. Das Blut floß vom Gehirn in die Füße. Mit jedem Schritt auf das Maul zu verwischte sein Bewußtsein. Bis nur noch das Schwindelgefühl blieb. Aber er hatte Glück. Die Glastüren blieben in die Wände versenkt. An dem warmen, sonnigen Tag wollte man soviel Luft wie möglich hereinlassen.
Triumphierend betrat er das Kaufhaus.
Ihm wurde bewußt, daß er schon lange nur noch in kleine Läden zum Einkaufen ging. Er mied die großen Häuser

instinktiv. Dort wurde ihm mulmig. Er mußte Räume überschauen können. Und den zweiten oder dritten Stock betrat er ohnehin nie.
Hatte er deswegen so wenig anzuziehen? Er gestand es sich nicht gern ein, aber er ahnte die Wahrheit ...
Das Einkaufen wurde zum Fest. Lila und schwarze Socken. Dazu passende Unterwäsche. Zwei Hemden. Eins aus Baumwolle und eins aus reiner Seide. Weinrot und hellblau. Eine bunte Krawatte. Einen hellen Anzug. Sogar neue Schuhe legte er sich zu. Seine alten Sachen ließ er komplett zurück. Nichts mehr davon wollte er auf der Haut tragen. Nichts sollte ihn mehr an das erinnern, was er einmal gewesen war. Er sog die Luft tiefer ein als sonst. Der Duft der neuen Kleider beflügelte ihn. Er betrachtete sich in den Schaufenstern, während er weiterging. Er gefiel sich.
Warte nur, Angelika Riedel. Ich werde jetzt deiner Mutter alles erzählen und dann ... dann ...
Ich stehe wieder aufrecht im Ring. Ohne Pillen. Ohne Schnaps.
Vor einem Friseurgeschäft blieb er stehen. Er zupfte seine neue Jacke zurecht und trat ein. Er ließ sich die Haare waschen und schneiden. Es tat gut, den Kopf zurückzulegen und das Einschäumen zu genießen.
Als er wohlig stöhnte, massierte die Friseuse seine Kopfhaut noch eine Spur kräftiger. Damit sicherte sie sich ein dickes Trinkgeld.
Weil es so gut tat, von einem Menschen berührt zu werden, ließ er sich auch noch rasieren. Sie schien sein Bedürfnis zu erahnen. Ihre Fingerspitzen wärmten seine Seele.
Sie bot ihm eine Maniküre an. Er willigte sofort ein. Von selbst wäre er auf diese Idee gar nicht gekommen.
Sie brachte ihm zwei Schalen zum Fingernägeleinweichen und eine Tasse Kaffee.

Offenbar gefiel es ihr, wie sehr er es genoß, von ihr bedient zu werden.

22

Vor dem Haus parkte ein schwarzer BMW.
Aha, die Dame des Hauses ist also zurückgekommen. Schick, der Wagen. Irgendwo muß das Geld ja geblieben sein. So sieht also der Zweitwagen der Familie Riedel aus.
Die Haustür öffnete sich. Der Rücken eines Mannes wurde sichtbar. Er schleppte etwas heraus. Einen Stereoturm.
Stefan Sieberg huschte hinter einen Baum.
Frau Riedels belegte Stimme klang beschwörend: »Aber die Anlage gehört meinem Sohn. Sie können sie dem Kind doch nicht einfach wegnehmen. Er hat sie zu Weihnachten bekommen.«
Der Mann lud die Musikanlage in den BMW.
Er nickte sarkastisch: »Jaja. Von meinem Geld.«
»Nein! Von seiner Tante!«
»Ist mir egal. Wenn ich mein Geld bekomme, kann Ihr Söhnchen sich die Anlage wieder bei mir abholen.«
Stefan Sieberg erkannte seine einmalige Chance. Alles würde wieder ins Lot kommen. Mit Frau Riedels Hilfe. Er mußte ihr Vertrauen gewinnen. Jetzt!
Nutz deine Autorität. Sorge für Recht. Was der da tut, ist Raub. Er glaubt sich im Recht, ist es aber nicht.
Stefan Sieberg trat hervor. Er hatte keinen konkreten Plan. Er handelte einfach.
Mit wenigen Schritten stand er neben dem Mann und suchte Blickkontakt. Er bekam ihn.
Der Mann sah zornig aus. Kampfbereit. Stiernackig. Auf einigen Ärger gefaßt. Ganz so, als würde er damit rechnen,

daß jemand versuchen könnte, ihm seine Beute wieder zu entreißen.
Ruhig stellte Stefan Sieberg sich vor. Er wunderte sich selbst über den sonoren Klang seiner Stimme.
»Guten Tag. Ich heiße Stefan Sieberg. Ich bin Staatsanwalt. Ich muß Sie darauf hinweisen, daß Sie sich gerade strafbar machen ...«
»Ich? Mich strafbar machen? Sie scherzen wohl? Ich habe an diesen Saftladen von einer Firma viertausend Mark im voraus bezahlt. Viertausend Mark für eine Heizung, die nie geliefert worden ist.«
Stefan nickte. Frau Riedel trat näher heran. Sie fixierte Stefan Sieberg, als ob sie nicht genau wüßte, ob er eine Erscheinung war oder Wirklichkeit.
»Sie bekommen vermutlich noch Geld von Herrn Riedels in Konkurs gegangener Firma. Der Hozeck.«
»Ja, genau ...«
»Sehen Sie, dort liegt das Problem. Dafür ist der Konkursverwalter zuständig. Wenn Sie Ihren Anspruch geltend gemacht haben, bekommen Sie mit etwas Glück die Quote, falls der Konkurs nicht sowieso mangels Masse abgelehnt wird.«
»Ihr Geschwätz interessiert mich nicht. Was haben Sie überhaupt damit zu tun? Lassen Sie mich in Ruhe!« zischte der Mann gereizt.
»Was Sie hier machen, ist eine strafbare Handlung. Sie bekommen Ihr Geld nicht von Frau Riedel, sondern von einer GmbH & Co. KG. Diese befindet sich im Konkursverfahren. Es können jetzt nicht einfach alle Gläubiger kommen und mitnehmen, was ihnen gefällt. Das ist ungesetzlich. Wenn Sie die Stereoanlage nicht sofort zurückbringen, werden Sie eine Menge Probleme bekommen.«
Der Mann gab augenblicklich auf. Zornig wuchtete er den

Turm auf die Straße, sprang in sein Auto und verschwand fluchend.
»Danke«, sagte Frau Riedel, und es klang ehrlich erleichtert.
Stefan Sieberg half ihr, den Turm ins Haus zurückzutragen. Nun war sie an der Reihe. Sie bot ihm eine Tasse Kaffee an und ging wahrscheinlich davon aus, daß er ablehnen würde. Aber er willigte sofort ein.
Sie schien sich ein bißchen zu ärgern, wies ihm aber einen Sessel im Wohnzimmer zu und ließ ihn kurz allein.
Auf dem Marmortisch lag ein Stapel ungeöffneter Post. Wahrscheinlich, dachte er, ist sie bei der Durchsicht gestört worden. Es waren mindestens drei gerichtliche Zustellungsurkunden dabei. Er erkannte diese unangenehmen Briefe sofort an ihren häßlichen, dreckig-grünen Umschlägen.
Du hast ihr eine Menge Ärger zurückgelassen, Helmut Riedel, dachte er.
Während sie Kaffee aufsetzte, sah er sich im Raum um. Das Wohnzimmer war gut sechzig Quadratmeter groß. Die Möbel waren relativ neu. Höchstens zwei Jahre alt.
Aber es fehlten Dinge. Dort, über dem Ledersofa, hatte bis vor kurzem ein Bild gehangen. Es hatte einen weißen Fleck auf der Tapete hinterlassen. Die Möbel standen merkwürdig unausgewogen im Raum. Eine Sitzgruppe füllte die eine Hälfte des Zimmers aus. Die andere Hälfte stand leer.
Stefan Sieberg erhob sich schwerfällig und schritt über den Teppichboden in den leeren Teil des Raumes. Ein runder, handgeknüpfter, staubfreier Perserteppich lag wie eine magische Begrenzung da. Im Inneren dieses Kreises hatte sich zweifellos etwas befunden. Das Prunkstück des Zimmers.
Stefan bückte sich. Seine Fingerkuppen streiften über die plattgedrückte Einkerbung im Teppich. Sie war kreisrund,

scharf konturiert, bierdeckelgroß. Stefan suchte weiter. Er fand noch zwei solcher Abdrücke.
Hier hatte bis vor kurzem ein Flügel gestanden, vermutlich auf kleinen Glasplatten, die den kostbaren Teppich schonen sollten. Sogar die Einkerbungen des Klavierstuhls waren deutlich auszumachen.
Stefan empfand plötzlich eine gewisse Genugtuung darüber, daß einige Gläubiger sich wohl schon bedient hatten. »Unrecht Gut«, sagte er leise zum abwesenden Helmut Riedel, »unrecht Gut gedeiht nicht gut.«
Er hörte das Spucken der Kaffeemaschine. Es war, als würde eine Waffe durchgeladen. Er fuhr herum. Frau Riedel hatte lediglich Kaffeetassen auf den Marmortisch gestellt. Er fühlte sich wohl in diesem Haus. Keineswegs bedroht. Eher schon geborgen. Angelika war nicht da. Er spürte es genau. Ihre Nähe hätte ihm das Betreten der Räume vermutlich unmöglich gemacht.
Eine leise, flatternde Angst schwirrte durch seine Muskeln. Was, wenn sie gleich hereinkäme? Vielleicht hatte sie heute Sportnachmittag oder ...
Es war nur eine Frage der Zeit, dann würde sie vor ihm stehen, und er wußte nicht, ob er schon die Kraft dazu hatte, ihrem Blick standzuhalten.
Er mußte wissen, wo sie sich aufhielt. Wenn er wußte, wann er ihr gegenübertreten würde, wäre er vielleicht gefaßt.
Frau Riedel brachte den Kaffee und goß ein. Er trank ihn lieber mit Milch und Zucker. Sie schwarz.
Als sie noch einmal hinausging, um die Milch für ihn zu holen, sah er auf ihre Beine. Sie trug keine Pumps wie im Gerichtssaal, sondern flache Schuhe. Sie wirkte nicht so elegant und herausgeputzt, wie er sie in Erinnerung hatte, mit ihrem Hausrock und den faltigen Nylons. Als sie sich ihm gegenüber hinsetzte und die Beine übereinanderschlug,

hatte er Mühe, sich auf das beginnende Gespräch zu konzentrieren. Er versuchte krampfhaft, ihr ins Gesicht zu sehen.
Es gab wenig zu sagen. Sie bedankte sich noch einmal für seine Hilfe. Ansonsten herrschte peinliches Schweigen.
»Sie haben schon Angelikas Flügel abgeholt. Zum Glück weiß sie noch nichts davon. Sie hängt sehr daran. Sie spielt leidenschaftlich gern Klavier, müssen Sie wissen.«
Er begann, sich eine Zigarette zu drehen. So konnte er wenigstens seine Finger beschäftigen.
»Sie weiß nichts davon? Wurde der Flügel gerade erst ... nun ... entfernt?«
Sie schüttelte den Kopf.
»Nein. Gleich am ersten Tag nach der Urteilsverkündung sind die Aasgeier über den Leichnam hergefallen ...« Sie hob, um Verzeihung bittend, die Arme. »Entschuldigen Sie den Ausdruck. Aber so kam es mir vor ... Zum Glück konnte ich Angelika zu ihrer Oma schicken. Für das Kind war das alles ein bißchen viel. Sie liebt ihren Vater, müssen Sie wissen. Sie liebt ihn sehr. Hier erinnert sie alles an ihn. Aber am Meer ... Ich denke, sie wird in Nordweek ein bißchen Abstand gewinnen. Sie wollte nichts mehr essen und ... Was ist mit Ihnen, Herr Sieberg? Sie sehen plötzlich so merkwürdig blaß aus.«
Der Tabak fiel ihm vom Papier auf das Hemd. Er schien es gar nicht zu bemerken. Der Tabaksbeutel glitt von seinen Schenkeln auf den Teppich. Er sah nicht hin. Seine Unterlippe hing kraftlos herab, was ihm ein dümmliches Aussehen gab. Er blickte ins Leere. Sekunden später fing er sich wieder. Er legte das angeleckte Papier auf den Rand seiner Kaffeetasse. Er war jetzt nicht in der Lage, sich eine Zigarette zu drehen. Er bewegte sich in Zeitlupe. Das Sprechen kostete ihn Mühe.

»Wollen Sie sagen, daß Ihre Tochter sich seit dem letzten Prozeßtag in Nordweek aufhält?«
Sie nickte. »Ja. Warum? Ist das wichtig für Sie? Sie sehen ja geradezu erschüttert aus.«
Er walkte mit beiden Händen sein Gesicht durch.
»Ach, es ist nichts. Mir geht es gleich besser. Der Kreislauf. Sie verstehen. Ich dachte nur, ich hätte sie in der Innenstadt gesehen.«
»Da müssen Sie sich geirrt haben.«
Verdammt, sie hat recht. Es war nicht dieses dreizehnjährige Mädchen. Sie ist völlig harmlos. Mein Verstand hat mir einen Streich gespielt. Der Alkohol und die gelben Bomben. Verdammt. Verdammt. Verdammt. Ich war kurz davor, restlos durchzuknallen. Ich war beinahe schon soweit. Ich hatte mich schon fast vollständig von mir verabschiedet. Kaum noch Kontakt zur Realität. Sah mir selbst zu. Es war ein Hirngespinst, dachte er, irgendwie erleichtert und doch zutiefst erschrocken.
Der Kaffee hätte ihm jetzt gutgetan. Aber wie sollte er die Tasse zum Mund führen? Seine Muskeln verkrampften sich zu einem Zittern.
O nein. Lieber Gott, bitte nicht schon wieder!
Er konnte die geballten Fäuste nicht öffnen. Er hörte seine Zahnreihen aufeinanderknirschen.
»Herr Sieberg? Herr Sieberg! Aber Sie zittern ja! Sie sind krank. Ich hole Ihnen einen Schnaps. Einen Magenbitter oder lieber einen Cognac?«
Glaub ihr nichts. Die lügt. Die stecken doch alle unter einer Decke. Natürlich ist Angelika nicht in Nordweek. Die Mutter verschafft ihrer Tochter lediglich ein Alibi. Sie wollen, daß du denkst, du spinnst. Das ist ihr Ziel. Du hast dir den Skorpion nicht eingebildet! Die Scheibe war kaputt. Außerdem ... du hat sie gesehen. Und dein Auto. Hat das

der Wind demoliert? Und wer hat dich zusammengeschlagen? Es ist ein Komplott. Die ganze Familie gegen dich. Die halten zusammen. Alle.
Laß dich nicht irre machen. Warum sitzt du hier herum wie ein Schuljunge? Nagel sie fest. Droh ihr. Mach ihr angst. Schlappschwanz! Du läßt dich doch von jeder Frau fertigmachen. Ein paar schöne Augen, und du wirst kopflos. Susanne wußte auch immer, wie sie dich rumkriegt. Auf dem Klavier können die Weiber spielen.
Vielleicht hat sie dir etwas in den Kaffee getan, die Giftmischerin. Irgendein Mittel, das die Muskeln lähmt. Wenn du gleich hilflos wie ein Wickelkind daliegst, wird sie Angelika hereinrufen. Dann foltern sie dich.
Unsinn. Angelika ist nicht hier. Du würdest es spüren. Ihre Energie durchdringt jede Wand. Du bist nicht in ihrem Kraftfeld. Noch nicht. Außerdem hast du den Kaffee bisher noch gar nicht angerührt. Reiß dich zusammen. Du benimmst dich wie der letzte Idiot. Verpatz diese Chance nicht. Vielleicht könnt ihr Verbündete werden? Vielleicht leidet sie auch unter ihrer satanischen Tochter? Vielleicht ist sie glücklich, endlich jemanden zu finden, der erkannt hat, was mit der Göre los ist.
Seine Muskeln wurden wieder beweglich. Er gewann die Kontrolle über seinen Körper zurück. Hoffentlich, dachte er, hat sie nicht zuviel bemerkt. Hoffentlich habe ich nicht gesprochen. Vielleicht habe ich ja nur dagesessen und sie angesehen.
Sie unterstrich ihre Sätze mit feinen Gesten. Sie war redlich darum bemüht, die Konversation in Gang zu bringen und den Grund seines Kommens zu erforschen. Unwahrscheinlich, daß er zufällig vor dem Haus vorbeigekommen war und die Szene beobachtet hatte.
Zunächst sah er sie wieder deutlich. Er hörte ihre Worte wie

aus einem Radio, das langsam lauter gedreht wurde. Noch war der Sender nicht klar eingestellt. Ein anderer überlagerte ihn. Töne vermischten sich.
Endlich filterte er die Stimme heraus, die zu den Gesten von Frau Riedel paßte. Dann stimmte auch die Lautstärke. Er erfaßte die Inhalte. Er setzte sich anders hin, beinahe als versuchte er, ihre Körperhaltung zu imitieren.
Sie goß sich Kaffee nach. Jetzt führte auch er die Tasse an die Lippen. Der Kaffee war kalt.
Mein Gott, wie lange sitze ich hier schon?
Er hatte vergessen, Milch zuzugießen. Der Kaffee schmeckte bitter. Er haßte kalten, ungesüßten Kaffee ohne Milch, aber er trank, als ob er damit etwas wiedergutmachen könnte.
Jetzt erst wurde ihm bewußt, daß sie ein Taschentuch zwischen den Fingern hielt und sich damit Tränen abtupfte.
Sie erzählt dir ihr Leben. Was will sie, daß du dich schuldig fühlst? Du hast sie nicht in die Scheiße geritten. Es war ihr sauberer Gatte. Oder ... oder war es Angelika? Hat dieses kleine Biest sie alle im Griff? Mit ihrem Blick? Hat sie ihren Vater zu den sinnlosen Betrügereien gebracht ... Ach was. Sie ist ein Kind. Was weiß sie von Kreditgeschäften? Mach sie nicht größer und stärker, als sie ist.
Er suchte nach dem Tabaksbeutel zu seinen Füßen und leckte ein neues Blättchen an. Ihre Stimme entfernte sich wieder. Kurz bevor er sie ganz verlor, kehrte sie zurück.
Sie nahm die Briefe vom Tisch und fächerte sie gedankenlos auf wie ein Kartenspiel. Inzwischen war der Sender wieder klar eingestellt. Deutlich hörte er ihre Worte.
»Das Haus werden wir wohl räumen müssen. Ich sehe mich schon nach einer kleineren Wohnung für die Kinder und mich um. Aber ich habe gar keinen Überblick, was ich mir leisten kann und was nicht. All diese Gläubiger, wie soll ich

sie befriedigen? Sie werden uns alles wegnehmen. Ich weiß nicht mal, ob die Kinder im Moment noch krankenversichert sind. Was, wenn jetzt Angelika etwas passiert? Sie reitet viel und ...«

Er fragte so sachlich wie möglich: »Warum sollen Ihre Kinder nicht mehr versichert sein?«

Lächelte sie ihn an, oder grinste sie nur über so viel Naivität? Er hatte die Frage eigentlich nur gestellt, um zu testen, ob seine Stimme wieder funktionierte.

»Helmut hat wohl in den letzten Monaten die Gehälter netto ausgezahlt, aber die Krankenkassenbeiträge nicht abgeführt. Die haben einen eigenen Pfändungsbeamten. Der war vor ein paar Tagen hier.«

»Hat der den Flügel abgeholt?«

»Nein. Das war das Finanzamt. Der Herr von der Krankenkasse hat nur sein Siegel auf ein paar Möbel geklebt. Kuckuck nennt man das wohl. Er holt sie sicher bald ab. Denn zahlen kann ich bestimmt nicht.« Wehmütig sah sie sich um. »Bald werden diese Räume leer sein.«

Ihre Augen füllten sich wieder mit Tränen.

Da, siehst du, Helmut Riedel, welches Leid du deiner Familie zugefügt hast?!

»Aber das dürfen Sie nicht zulassen!« platzte es aus ihm heraus.

»Nicht zulassen? Aber wie? Was soll ich denn tun? Ich habe kein Geld. Die Millionen, die mein Mann angeblich auf die Seite gebracht hat, gibt es nicht.«

Seine Wut auf Helmut Riedel flammte erneut auf. Dieser Mann hatte die Liebe seiner Familie und die Achtung seiner Mitarbeiter einfach nicht verdient. Warum hielten sie alle zu ihm? Warum hatte ihn im Prozeß niemand verraten? Warum hatte nicht ein Mitarbeiter etwas Negatives über ihn gesagt? Er hatte sie nicht bestochen. Wenn es das wenig-

stens gewesen wäre. Eine solche Erklärung hätte er akzeptieren können. Aber nein, der Herr dachte gar nicht daran, andere zu bestechen. Im Gegenteil, er betrog sie sogar. Zahlte die Sozialabgaben nicht. Und sie hielten trotzdem zu ihm. Es hätte nicht viel gefehlt, und seine Mitarbeiter hätten eine Sammlung für ihren gescheiterten Boß gestartet.
Er fühlte sich irgendwie verantwortlich für das Chaos, das Helmut Riedel hinterlassen hatte. Verantwortlich dieser Frau gegenüber.
»Sie müssen kämpfen!« hörte er sich sagen.
Wieder ihr Lächeln. Ein bißchen hilflos. Ein bißchen süffisant. Eine Spur ordinär.
»Kämpfen?«
»Na ja ... Widerspruch einlegen. Gegen jede einzelne Forderung. Vor allem bestreiten, daß überhaupt Forderungen gegen Sie privat bestehen könnten. Hatten Sie keine Gütertrennung mit Ihrem Mann vereinbart? Auf wen ist das Haus überhaupt eingetragen?«
Sie sah ihn groß an.
»Herrje«, fügte er kopfschüttelnd hinzu, »wer hat Sie nur anwaltlich beraten?«
»Niemand«, sagte sie hart. »Anwälte sind teuer. Ich habe nichts zu verschenken. Im Strafprozeß gegen meinen Mann, ja, da haben wir einen guten Anwalt gehabt. Sie sehen ja, was es gebracht hat. Mit diesen Sachen hier«, sie wies auf die Briefe in ihrer Hand, »muß ich selbst fertig werden.«
Sie öffnete demonstrativ einen der dreckig-grünen Umschläge. Sie las nur die Summe laut vor.
»Fünftausendvierhundertdreiundzwanzig Mark sechzig.«
»Und? Besteht die Forderung zu recht? Warum wird sie nicht an die Firma gestellt? Was haben Sie privat damit zu tun? Und selbst wenn: Stimmt die Summe? War das Material vielleicht schadhaft? Können Sie es zurückgeben?«

Sie sah ihn ungläubig an. In ihrem Gesicht las er die ungestellte Frage: Warum tun Sie das? Er ignorierte das. Er würde ihr jetzt helfen. Irgend jemand mußte es tun. Die Frau war ohne juristischen Beistand. Ihr wurde übel mitgespielt.
Irgendwie hänge ich mit drin in der Sache. Ich werde ihr nun zeigen, daß unser Rechtssystem niemanden ohne Schutz läßt. Es gibt jede Menge Möglichkeiten für sie. Ich werde sie ihr aufzeigen.
Sie öffnete auch die anderen Zustellungsurkunden und reichte sie ihm. Er sah sich alles genau an und half ihr dann, die Widersprüche zu formulieren.
Überwältigt von seiner Hilfsbereitschaft und den sachkundigen Ratschlägen holte sie nun alle Zahlungsbefehle der letzten Wochen. Die gerichtlichen Mahnungen und die Drohbriefe der Anwälte.
Geduldig sah er alles mit ihr durch und sortierte den Stapel in zwei Teile um: die Forderungen, die garantiert nur die Firma betrafen und also in den Konkurs mit eingehen mußten, und die strittigen Forderungen, für die unter Umständen Helmut Riedel privat zu zahlen hatte.
Da waren zum Beispiel die Forderungen von den Sozialversicherungsträgern, den Finanzämtern; für all das haftete Helmut Riedel in jedem Fall privat. Dann all seine Bürgschaften. Für fast jeden Kredit hatte er privat unterschrieben, aber geschickterweise seine Frau herausgehalten. Ihre Unterschrift fehlte überall. Es gab also Möglichkeiten ...
Stefan Sieberg spazierte im Wohnzimmer auf und ab. Dort, wo vorher Angelikas Flügel gestanden hatte, dozierte er jetzt mit präzisen Sätzen über das Konkursrecht.
Er gab ihr Tips.
Aufmerksam hörte sie zu; sie notierte das Wesentliche und kramte immer neue Fragen und Forderungen hervor.

Er fühlte sich großartig. Stark. Gesund. Gerecht. Wie der Retter der Witwen und Waisen.
Schade, dachte er, daß ich nicht Rechtsanwalt geworden bin. War es nicht schöner, einen bedrängten Menschen zu verteidigen, als die Interessen des Staates zu vertreten?
Er wußte, wie kitschig diese Vorstellung war. Er kannte die Praxis der Anwälte zu Genüge. Aber er ließ die Gedanken zu.
An dem Unglück, das diese Familie heimgesucht hatte, war er beteiligt. Jetzt wollte er dieser Frau, die so beneidenswert zu ihrem Mann hielt, helfen. Das dachte ein Teil von ihm. Doch der Rest wußte, es ist Lüge. Du willst nur eins: rankommen an Angelika Riedel.
Er mußte sich erst einarbeiten. Die kurzfristige Abwehr der ersten Gläubigerstürme war kein großes Problem. Zeit gewinnen konnten sie schon, indem sie einfach widersprachen und die Fristen einhielten.
Sah er da in ihren Augen neben Dankbarkeit auch ein bißchen Bewunderung?
Er genoß es, sich reden zu hören. Je geschliffener sein juristischer Vortrag wurde, je trickreicher seine Abwehrgefechte gegen die Gläubiger, je durchtriebener seine Wortwahl, um so angstfreier wurde er.
Er war nicht komplett verrückt. Es gab gesunde Anteile in ihm. Er konnte klar denken. Er erkannte in kämpferischer Euphorie, daß es noch lange nicht vorbei war mit ihm.
Aber er hörte im dunklen Teil seines Bewußtseins die Frage pochen: Was ist mit Angelika? Ist sie wirklich in Nordweek bei ihrer Oma am Meer, oder lebt sie in der Stadt und führt Krieg gegen dich?
Gab es einen Skorpion oder nicht? Das Auto konnten auch andere zerstört haben. Wahrscheinlich hatte er mehr Feinde, als er ahnte. Es konnte auch ein entlassener Häftling

gewesen sein, an dessen Verurteilung er mitgewirkt hatte. Der Racheakt eines Kriminellen. Oder kannte Dieter seine Adresse längst? Wußte er schon, wer Heinz Siemon in Wirklichkeit war?

Die Typen, die ihn zusammengeschlagen hatten – war Angelika wirklich dabei gewesen? Er war sich sicher. Aber was, wenn er sich irrte? Die Polizei hatte ihm auch nicht geglaubt. Selbst sein Freund, Horst Muffhardt ...

Nur ein Irrer konnte behaupten, daß Angelika als Krankenschwester verkleidet ins Krankenhaus kam, um ihm eine Spritze zu geben.

Frau Riedel brühte zum dritten Mal Kaffee auf, als Stefan Sieberg in den Unterlagen eine Möglichkeit fand, den endgültigen Zugriff der Bank auf das Haus abzuwehren. Es war nur eine vage Hoffnung, aber Frau Riedel klammerte sich daran.

Der Marmortisch lag inzwischen voller Elba-Ordner und Computerlisten. Der Stapel der unabweisbaren Forderungen war kleiner geworden. Vieles war noch unklar, aber eins zeigte sich ganz deutlich: Frau Riedel und Stefan Sieberg waren zu Verbündeten geworden.

Gerade als Stefan die Leasingverträge für die Firmenautos überprüfte und eine undichte Stelle fand, erschien ein anderes Bild vor seinen Augen. Er als Kapuzenmann. Angelika, die sich vor Angst und Schmerz am Kreuz wand wie eine Schlange. Ein schwarzer Raum. Voll mit Kerzen. Eine surrende Kamera.

Anscheinend fühlte Frau Riedel sich genötigt, ihn zum Abendessen einzuladen, um nicht undankbar zu erscheinen.

Während sie in der Küche mit schnellen Handgriffen Dosen öffnete und Fleisch würfelte, spürte er, wie sich in ihm wieder dieses schwarze Loch auftrat, in dessen Innerem die

Angst vor dem Tod lauerte. Der Sog aus Mißtrauen zog ihn unwiderstehlich hinein.
Er ballte die Fäuste. Nein. Nein.
Nicht. Alles wird gut. Du kannst dich aussöhnen mit dir selbst, wenn jetzt nicht wieder diese dunklen Gedanken kommen. Töte Heinz Siemon. Bevor er dich umbringt. Diese Menschen haben dir nichts getan. Was willst du von ihnen? Woher kommt dein Haß?
Was denkst du, was sie da in der Küche zusammenbrutzelt? Frauen wie die haben in deinem Leben Katastrophen ausgelöst. Mit ihrer geheuchelten Hilflosigkeit. Mit ihrer gespielten Bewunderung für dich.
Bist du dumm genug zu glauben, daß sie keinen Anwalt hat, der ihr hilft? Die Riedels haben ihr Schäfchen längst im Trocknen. Und du Idiot hilfst ihnen noch, Geld zu sparen. Später werden sie dich dafür verspotten.
Das ist alles geplant. Du bist nur ein Rädchen im Getriebe. Wahrscheinlich will sie dich einfach zu ihrem Komplizen machen, weil sie glaubt, du könntest ihr helfen, die Sache gegen ihren Mann neu aufzurollen. Wieso hat ihr Anwalt eigentlich noch keine Revision beantragt? Hat Helmut Riedel das Urteil wirklich angenommen, oder hast du das geträumt? Vielleicht hatte er nur Angst, eine Revision könnte noch mehr Dreck zutage fördern ... Trotzdem unwahrscheinlich, daß ...
Gerade als er von der Panik angeweht wurde, Angelika könnte jetzt hereinkommen und ihn mit Blicken verbrennen, entdeckte er in dem Poststapel die Karte aus Nordweek. Er zog sie hervor.

> Liebe Mama, lieber Leonhardt,
> Omi ist sehr nett. Aber ich muß immer an Euch denken. Wie geht es Euch jetzt? Was

macht Pa? Ich traue mich kaum, ihm von hier zu schreiben. Wird er nicht denken: Die macht Urlaub, während ich hier eingesperrt bin? Oder wird er sich freuen, weil es uns gut geht? Geht es uns gut?
Nachts weine ich oft.
Angie

Er versuchte, den Poststempel zu entziffern.
Aus der Küche ertönte die Frage: »Essen Sie gern scharf?«
»Ja!« rief er.
Er ließ die Karte gegen seine Nase wippen, als müßte er sich beweisen, daß sie wirklich existierte. Das bildete er sich nicht ein. Diese Karte hier gab es wirklich.
Jetzt brauchte er einen Schluck.
Er nahm die Cognacflasche vom Tisch und tat einen langen, heißen Zug. Er hustete und setzte dann mit schuldbewußtem Blick auf die Küche die Flasche noch einmal an.
Er schraubte sie wieder zu.
Sie wird nichts merken, dachte er. Sie kocht für dich, während du planst, ihre Tochter ans Kreuz zu binden. Ihren Mann hast du ja schon eingesperrt. Sie weiß vermutlich nicht einmal, was ein Snuff-Film ist.
Herrje, Stefan, was ist aus dir geworden? Ein verkommener, rachsüchtiger Säufer, der sich seinem Verfolgungswahn und seinem Weltschmerz hingibt.
Tochter? Sie ist eine Hexe. Ein verführerisches Luder. Sie quält dich. *Sie* ist es, die *dich* foltert. Du bist ihr Opfer.
Stefan! Stefan! Kämpf dagegen an! Wenn du diesen letzten Schritt tust, gibt es kein Zurück mehr. Du bist Stefan Sieberg, nicht Heinz Siemon.
Stefan! Stefan? Stefan ...

23

Vom Eßzimmer aus konnte er durch die Durchreiche in die Küche sehen. An der Wand hingen, der Größe nach geordnet und magnetisch an einem Holzbord festgehalten, ein halbes Dutzend blitzblanker Küchenmesser.
Statt sich zu entspannen, mußte er immer wieder dorthin sehen.
Sie hatte Kerzen auf den Tisch gestellt. Sie tranken trockenen Rotwein aus langstieligen, bauchigen Kristallgläsern.
Er aß gern scharf. Aber so scharf hatte er lange nicht gegessen. Sie entschuldigte sich zweimal dafür. Mit feurigem Mund lobte er ihre Kochkünste. Sie winkte ab.
Alles nur aus der Dose. Schnelle Küche.
Er nahm noch einen Cognac hinterher und einen Espresso.
Sie erwähnte beiläufig, daß ihr Sohn bei seinem Freund schlafen wollte. Vor morgen mittag sei mit ihm nicht zu rechnen.
Wenn er ihre Signale richtig verstand, wollte sie mit ihm ins Bett. Aber er war sich nicht sicher.
Ihr Vertrauen gewinnen. Ihr Vertrauen gewinnen, hämmerte es in seinem Hirn. Wenn du sie angräbst, kommt sie nie darauf, daß du ihre Tochter willst.
Dafür ist sie viel zu sehr von sich eingenommen. Sie wird der Kleinen nicht einmal glauben, wenn sie ihr erzählt, daß ich sie immer so komisch anfasse. Sie wird glauben, es sei die Rache der Tochter an dem Mann, der ihren Vater ins Gefängnis gebracht hat. Sie wird sogar Verständnis haben für das kleine Biest. Außerdem hat sie ihre eigenen Schuldgefühle ihrem Mann gegenüber, daß sie ausgerechnet mit mir ... während er im Knast sitzt.
Ich werde Lust heucheln. O ja, das kann ich. Habe ich bei Susanne geübt. Ich werde die Augen schließen und dabei an

die unbehaarten Möschen meiner Lolitas denken. Dann geht es. Dann pflüge ich sie durch, bis sie im Himmel ist. Die Drecksweiber wollen ja doch nur das eine ...
Ja, du auch. Ich krieg dich, und wenn du blind bist vor Liebe und Lust, dann verschwindet plötzlich Angelika. Sie wird nie wiederkommen, nie.
Vielleicht zeige ich dir eines Tages den Film. Wenn du mich zu sehr ärgerst, schicke ich ihn dir per Post und sehe ihn mit dir gemeinsam an. Ja, dann landest *du* in der Psychiatrie. Und du, Helmut Riedel, schmorst im Knast, während ich deine Frau und deine Tochter bumse. Du wirst es früh genug erfahren. Dafür sorge ich. Das wird der triumphale Tag meines Lebens. Du wirst dich in der Zelle erhängen. Ja, erhängen ist gut. Niemand wird mir je draufkommen. Sie werden vielleicht einen Verdacht hegen. Mehr nicht. Es ist alles zu ungeheuerlich. Es wird nicht herauskommen. Nie.
Wie lange hatte er das nicht mehr gemacht, eine Frau verführt ... Oder gar sich verführen lassen?
Er kam sich vor wie mit vierzehn. Als er auf der Stuhllehne an der Tür gestanden und durchs Oberlicht zugesehen hatte, wie sein Vater den nackten Hintern seiner Schwester verdrosch. Ihr Quieken. Die weißen Halbmonde, wie sie zu glühen begannen.
Alles in ihm brannte. Er sah das Ziel vor sich, wußte aber nicht, wie er hingelangen sollte.
Wenn ich jetzt das Weinglas hochhebe, verschütte ich die Hälfte. Hoffentlich schwitze ich nicht wieder wie ein Schwein. Ein Glück, daß ich mir frische Wäsche gekauft habe. Ob ich vielleicht Mundgeruch ... Hör auf mit dem Quatsch, Stefan. Die Gelegenheit ist gut. Ihre Hand liegt locker neben dem Teller. Sie wartet nur darauf, daß du deine Hand auf ihre legst. Guck ihr in die Augen und dann los. Stell dich nicht an wie ein pubertierender Schüler.

Für einen Moment packten ihn Versagensängste.
Doktor Muffhardts Warnung hallte in seinem Kopf: Die ständige Sauferei macht jeden impotent. Auch dich.
Was, wenn nun ...
Aber nein. Mit solchen Sprüchen hatte der alte Fuchs nur versucht, ihn von der Flasche wegzubringen.
In Wirklichkeit war das nie sein Problem gewesen. Es blieb immer nur eine Angst, die mit jeder Flasche wuchs, von seinen alltäglichen Erfahrungen aber nicht bestätigt worden war. Im Gegenteil. Er konnte öfter, als Susanne wollte.
Sie erschien ihm gemein. Reizte ihn, ließ ihn aber nicht ran. Am Anfang machte es sie geil, wenn er scharf auf sie war. Wenn sie geahnt hätte, woran er dabei dachte. Sie war nicht mehr als ein harmloses Ventil für seine verbotene Lust. Schaffte ihm kurzfristige, ungefährliche Erleichterung.
In ihrer letzten gemeinsamen Zeit zog sie sich für ihn wie ein Schulmädchen an. Mit Zöpfen, Kniestrümpfen und Faltenrock. Sie lutschte am Finger und spielte die Unschuld. Sie wurde tropfnaß dabei.
Ganz zuletzt dann ließ sie ihn lieber schmoren. Genoß es, Macht über ihn zu haben, wollte sich nicht mehr für ihn rasieren, bumste statt dessen lieber mit ihrem Tennislehrer.
Und wenn sie mich nun nur soweit bringen will, daß ich es versuche, um mich dann abblitzen zu lassen? Vielleicht ist das ihre Methode, mich zu demütigen ...
Ich kenne euch Weiber ...
Sie ging in die Küche, um neuen Wein zu holen. Rasch setzte er die Cognacflasche an. Er sah ihr durch die Durchreiche nach. Sie drehte sich zu ihm um. Sah ihn besoffen an und ließ ihren Schmollmund spielen.
»Ich bin Ihnen sehr dankbar für Ihre Hilfe. Mein Mann ist im Gefängnis. Ich denke ... Ich denke, es ist besser, Sie gehen jetzt.«

Da war sie wieder, seine zerstörerische Wut. Sie nahm ihm die Luft zum Atmen. Drückte auf sein Herz und ließ wieder die Schlange durch seine Adern kriechen.
Du alte Schlampe! Von wegen dankbar. Du hast mich angefickt, und jetzt läßt du mich hängen. Oh, das kenne ich. Macht es dir Spaß, mich zu demütigen?
Warte es ab. Meine Rache kommt. Du wirst noch winseln. Vielleicht hätte ich Angelika laufen lassen und mir eine andere gesucht, wenn du ... Aber so ... Du bist selbst schuld. Du. Du. Du.
Sie wird nach ihrer Mami schreien. Bald. Und dann kannst du ihr nicht mehr helfen. Dann ist es zu spät. Du hast deine Chance gehabt.

24

Er wählte Atzes Nummer. Sein Zeigefinger an der Wählscheibe war braun vom Nikotin. Aber die Hand zitterte nicht.
Er war euphorisch. Fühlte sich allmächtig. Göttergleich. Endlich ließ er nicht mehr mit sich machen, sondern handelte selbst. Seine Tat würde ihn über alle erheben. Er war das Gesetz und das Verbrechen in einer Person. Die Gerechtigkeit und ihre Negation. Die Hoffnung und die Rache. Der personifizierte Widerspruch. Unfaßbar. So muß Gott sich gefühlt haben, als er die Welt erschuf.
»Hallo.«
Atze meldete sich nie mit seinem Namen. Immer ein schlechtes Gewissen. Immer in Erwartung einer Katastrophe. Immer vorsichtig.
»Hier spricht Heinz. Wann bist du soweit? Die Party kann steigen.«

Seine brüchige Stimme, seine Aufregung und Angst beflügelten Stefan Sieberg.
»Wann ... wann du willst. Am Wochenende am besten. Von Freitag bis Sonntag. Sonntag räumen wir dann noch gemeinsam auf. Machen sauber und ... Soll ich für die Getränke sorgen — oder hast du schon ...?«
»Ich bringe alles mit. Hauptsache, du hast genügend Filme.«
Ein Schlucken. »Ja. Klar. Genug für eine lange Filmnacht. Was gibt es Schöneres als ein Videowochenende?«
»Eben. Jeder hat so seine Hobbies.«
»Ich sorg für die Kostüme. Hab alles schon hier. Schön, daß du es dir überlegt hast. Welchen Wein bringst du mit? Wird es eine Überraschung, oder kenne ich die Sorte?«
»Kennst du nicht.«
»Herkunftsland?«
»Rheinland.«
»Jahrgang?«
»Gut dreizehn Jahre alt.«
»Oh, so alt. Ich trinke lieber jungen Wein. Es sind längst nicht alle Sorten so lagerfähig. Die meisten verderben nach zehn, elf Jahren.«
»Dieser nicht. Ein exquisites Tröpfchen. Es wird dir munden. Ich wette, du kannst gar nicht genug davon bekommen.«
»Ist es dir recht, wenn ich noch einen Freund einlade? Er würde dich gern kennenlernen.«
»Nein.«
»Er will nur zusehen.«
»Nein. Das war nicht abgemacht.«
»Okay. Okay. Reg dich nicht auf.«
»Bis dann. Ich melde mich kurz vorher noch einmal.«

25

Einerseits wollte er die Sache so lange hinauszögern wie möglich. Mal aus Angst vor den Konsequenzen. Dann wieder, um dies flirrende Gefühl der Vorfreude nicht zu verlieren. Er stellte es sich erregend vor, ein Spiel mit Mutter und Tochter zu treiben. Sie gegeneinander auszuspielen und alles in der Schwebe zu halten. Andererseits war es sehr anstrengend, sich bei ihnen einzunisten. Ihr Vertrauen nicht nur zu gewinnen, sondern auch zu halten.
Er entschied sich dagegen. Er hatte für so eine Geschichte auf Dauer nicht die Kraft. Eines Tages würde er das vielleicht können. Der Traum von der eigenen Familie. Die ständige Verfügbarkeit.
Vielleicht, dachte er, wird danach endlich alles ganz anders sein. Keine Panikattacken mehr. Nicht mehr die Angst, plötzlich keine Luft zu bekommen. Keine Kopfschmerzen mehr und auch keine Halluzinationen. Ein Leben ohne Sandbomben und ohne Schnaps. Vielleicht konnte er dann endlich zur Ruhe kommen. Wenn er das schlimmste Denkbare getan hatte ... Vielleicht war er dann endlich frei.
Aber du hast es doch schon einmal getan.
Nein. Das war ich nicht. Das war Dieter mit seinen Tabletten. Ich war nur zufällig mit ihr zusammen. Es hätte auch bei jedem anderen passieren können. Diesmal, das ist anders. Danach brauche ich das nie wieder. Nur dieses eine Mal. Dann bin ich frei. Nie wieder wird ihr Bild mich hetzen. Keine Erscheinungen mehr. Ich töte die Erscheinung eigenhändig.
Vielleicht kann ich dann endlich leben. Leben wie die anderen. Eine Frau haben und eine richtige Familie. Weil ich geheilt bin. Genau. Ich therapiere mich selbst. Ich morde meine schwarzen Gedanken. Ich könnte ein guter Staatsan-

walt sein. Wenn ich nicht ... Wie lange war ich nicht mehr zum Dienst ... Sie zerstört mein Leben. Ich darf das nicht länger zulassen.
Außerdem – wenn ich es nicht tue, verpfeift mich Atze an Dieter. Ich werde sozusagen dazu gezwungen. Ich habe gar keine Wahl. Keine Wahl. Keine Wahl.
Da stand sie vor ihm und sah ihn an. Mit ausdruckslosen Augen, wie bereits gestorben. Sie kam einen Schritt näher. Sie war nackt. In den blutigen Handflächen steckten Nägel. In den Füßen auch. Wie der vom Kreuz gestiegene Jesus. An den Armen und zwischen den Beinen verbranntes, kokelndes Fleisch.
Er wußte, es war eine Einbildung. Nicht echt. Aber er machte sich trotzdem aus Angst in die Hose. Der Stoff klebte an seinen Schenkeln. Es wurde zunächst warm und dann kalt.
Sein alter Religionslehrer trat aus Angelikas Körper. Ein altersloser Pastor. In Schwarz gekleidet wie ein Teufel. Mit scheinheiligem Lächeln. Er wußte, daß sich hinter diesem Lächeln eine Fratze verbarg. Sein wirkliches Gesicht, das er nur Bruchteile von Sekunden zeigte. Immer, wenn der Rohrstock niedersauste. Quer durch die Kinderhände. Die schmutzigen Hände. Die Onanierfinger. Die Wichsgriffel. Die sündigen Flossen.
Der Alte schlug zu, bis die Finger steif und dick wurden, wie das Ding zwischen seinen Beinen.
»Nein!« schrie Stefan Sieberg. »Nein!«
Doch der Alptraum dauerte an.

26

Ungläubig fragte Frau Riedel ins Telefon zurück: »Das würden Sie wirklich für mich tun?«

Warum machte er ihr solche großzügigen Angebote, hatte er vor, weiter um sie zu werben, oder fühlte er sich mitverantwortlich, weil Helmut im Gefängnis saß? Gehörte es neuerdings zu den Aufgaben von Staatsanwälten, sich um die Betreuung der zurückbleibenden Familien von Straftätern zu kümmern? War das so eine Art Nachbetreuung? Schadensbegrenzung?

Unsinn. Der wollte etwas anderes. Sie spürte es genau. Er wollte sie. Sollte er nur um sie buhlen. Vielleicht konnte sie für sich und ihren Mann etwas herausschlagen. Seine Tips im Kampf gegen die Gläubiger waren jedenfalls goldrichtig gewesen.

Seine Stimme klang sehr weit weg. Freundlich, aber irgendwie belegt.

»Es macht mir wirklich nichts aus, Angelika aus Nordweek abzuholen. Ich bin sowieso in der Nähe. Da kann ich sie doch mitbringen. Verstehe ich sehr wohl, daß Angelika es nicht länger aushält – ich wäre mit dreizehn auch nicht gern bei der Oma geblieben. Besonders, wenn die Oma jetzt auch noch krank geworden ist.«

»Ich wollte sie eigentlich selbst abholen ...«

»Aber bitte – ich mache es doch gern. Ich weiß, daß sie nicht gut auf mich zu sprechen ist. Der Prozeß ist noch zu frisch, aber ich habe ihren Vater nicht verurteilt. Es war der Richter.«

Er spürte, daß ihr die Argumente ausgingen. Wenn sie nicht unhöflich werden wollte, mußte sie sein Angebot annehmen. Man darf Nettigkeiten oder Geschenke nicht zurückweisen. Obwohl, in ihrer Stimme schwang ein Hauch von

Mißtrauen mit. Sie vertraute ihm ihre Tochter nicht gern an. Aber er hatte sie schon fast soweit. Sein rechtes Knie zitterte. Seine Haut begann zu jucken.

»Ich ... ich könnte sie auch mit der Bahn fahren lassen. Sie ist eigentlich alt genug und vernünftig, aber ich bin im Moment so unruhig. Ich habe Angst, daß ihr etwas passiert«, erklärte Frau Riedel.

»Das verstehe ich gut. Ein Erwachsener ... Also eine Person Ihres Vertrauens sollte sie abholen. Sie wissen doch, was heutzutage alles passieren kann. Gerade an Bahnhöfen. Und dann in Holland.«

Sie druckste herum.

Er wußte, daß er gewonnen hatte. Sie war nicht in der Lage, ein klares Nein zu formulieren. Sie zappelte längst geködert an seiner Höflichkeitsangel.

»Die Wahrheit ist nämlich – sie hat gar kein Heimweh. Es geht ihr gut. Viel zu gut. Sie hat sich in einen jungen Holländer verliebt und drückt sich jede Nacht mit ihm in den Dünen herum.«

»Dann will sie gar nicht zurück?«

»Nein. Und mit dem Zug kommt sie bestimmt nicht. Ich müßte schon selbst hinfahren, um sie abzuholen.«

Er ignorierte ihren letzten Satz einfach. So leicht ließ er sich nicht aus dem Konzept bringen.

»Ich müßte sie quasi gegen ihren Willen zurückholen?«

Seufzend gab sie auf.

»So hart würde ich es nicht ausdrücken. Ich telefoniere noch einmal mit ihr und rede ihr ins Gewissen.« Sie schwieg kurz, atmete tief aus und entschuldigte sich dann fast bei ihm: »Ich weiß, was ich Ihnen damit zumute.«

Er lächelte. So einfach war es, an ein Kind zu kommen. So einfach.

»Wenn ich mit Ihrer Tochter über die Grenze will, dann

sollte ich eine Erklärung von Ihnen dabei haben, daß Sie es erlauben.«
»Ist das denn notwendig?«
»Ja. Glauben Sie mir. Ich kenne die Gesetze. Ohne Einwilligung der Eltern darf nicht einmal die Omi mit dem Kind in Urlaub fahren. Das Elternrecht wird vom Gesetzgeber sehr hoch bewertet. Sie haben das Aufenthalt-Bestimmungsrecht.«
»Wenn es sein muß, ich schreibe Ihnen so einen Zettel. Aber ich denke, Sie sind schon in Holland?«
Scheiße, fast hätte ich es noch verpatzt. Ich Idiot. Warum muß ich immer alles so perfekt regeln? Immer wenn Stefan Sieberg sich in die Angelegenheiten von Heinz Siemon mischt, geht alles schief.
»Na ja ... Wenn es Probleme gibt, dann können die Grenzer Sie ja anrufen.«
»Meinetwegen, aber ich glaube kaum, daß Sie an der Grenze Schwierigkeiten haben werden. Eher schon mit Angelika. Ich rufe sie am besten gleich an und rede ihr ins Gewissen.«

27

Bei lauter Radiomusik fuhr er im offenen Leihwagen der Grenze entgegen. Zugedröhnt mit gelben Bomben und Kopfschmerztabletten, trank er dabei Coca-Cola und knabberte Schokoladenkekse. Er hatte gewonnen. Auf ganzer Linie. Sie gehörte ihm. Er brauchte sie nur noch abzuholen. Wenn später jemand ihrem Verschwinden nachging, so wusch er seine Hände in Unschuld. Auf Bitten der Mutter holte er das pubertierende Mädchen aus Holland, weil es dort mit einem Jungen herummachte. In dem Alter.

Er lachte. Hoffentlich war sie noch nicht bis zum Äußersten gegangen. Bestimmt nicht. Vermutlich war das alles nur eine romantische Schwärmerei. Ein bißchen Gefummel und Geknutsche in den Dünen. Das Beste hatte sie für ihn aufbewahrt, hoffte er grimmig und ersann schlimme Rache, falls nicht.
Später würde er ihre Mutter anrufen und ihr erzählen, daß das Früchtchen kurz hinter der Grenze getürmt sei. Jeder würde die Geschichte glauben.
Man wird sie überall suchen. Zunächst natürlich bei ihrem Freund in Nordweek. Eine verschollene Ausreißerin. Mein Gott, da kräht kein Hahn nach. Und am Montag erscheine ich wieder zum Dienst. Frisch rasiert und ganz der alte. Man wird mir die Verfehlungen verzeihen. Man wird feststellen, daß ich ruhiger geworden bin. Ausgeglichen und gesund.
Er sah auf die Uhr. Er konnte sie in knapp zwei Stunden bei der Oma abholen. Er gab mehr Gas. Er wollte pünktlich sein.

28

Im Beisein der Oma war Angelika ganz das brave Kind. Verabschiedete sich lieb, drückte der Oma einen Kuß auf die Wange und nahm demütig-erfreut die Wegzehrung entgegen.
Ihr Freund stand mit seinem Motorrad etwas abseits, sah zu, traute sich aber nicht, näher zu kommen.
Kaum im Auto, kurz nach dem Start, zischte sie: »Halt an. Ich will aussteigen.«
Bisher hatte Stefan Sieberg es vermieden, sie richtig anzusehen. Er fürchtete den direkten Blickkontakt. Gefahrlos in

die Augen würde er ihr erst schauen können, wenn sie – ganz rohes Fleisch geworden – am Kreuz baumelte.
Er redete sich die ganze Zeit ein, er würde in ihrem Beisein ganz bestimmt nicht in die Hose machen. Aber er traute seiner Autosuggestion nicht. Ihre freche Selbstsicherheit machte ihn klein. Er stand plötzlich wieder vor seinem Religionslehrer und erwartete einen Hieb mit dem Rohrstock.
»Ich habe gesagt, du sollst anhalten.«
»Ich bringe dich nach Hause zurück.«
Sie löste den Sicherheitsgurt und stellte sich mit beiden Beinen auf den Sitz.
Das gibt es nicht, durchfuhr es ihn. Die versucht, auszusteigen. Schon hatte sie den rechten Fuß absprungbereit auf der Beifahrertür.
Scheiß-Kabriolett!
Er packte sie, riß sie zurück.
»Du bleibst hier!«
»Von dir laß ich mir gar nichts sagen, du blöder Wichser!«
»Du bleibst.« Er drückte sie in den Sitz. »Ich habe von deiner Mutter den Auftrag bekommen ...«
Sie spuckte ihm haßerfüllt ins Gesicht.
»Na warte!«
»Du hast meinen Vater einsperren lassen! Ich hasse dich! Du Arschgesicht!«
Der Wagen schlingerte.
Krallen fuhren durch sein Gesicht und hinterließen tiefe Gräben. Er schrie und bremste. Erst jetzt sah er im Rückspiegel das Motorrad. Keine Frage – ihr Freund. Ohne Helm, aber wild entschlossen.
Stefan Sieberg schlug ihr zweimal ins Gesicht. Sie wurde sofort kleinlaut. Zog die Schultern nach vorn, senkte den Kopf und sah auf ihre Knie.
»Versuch das nicht noch einmal!« drohte Stefan Sieberg.

Der Kerl war keine fünf Meter mehr vom Kabrio entfernt. Stefan Sieberg startete mit quietschenden Reifen durch. Sie wurde in den Sitz geworfen. Ihr Kopf wackelte willenlos.
»Hast du mir einen Skorpion in die Wohnung gesetzt? Hast du mein Auto demolieren und mich zusammenschlagen lassen?«
Er lenkte mit links und griff ihr mit der rechten Hand in die Haare. Er riß ihr den Kopf in den Nacken. Aber er sah in ihren Augen nicht das erhoffte blanke Entsetzen. Dort loderte nur Haß und eine entschlossene, leidenschaftliche Widerstandskraft.
»Ja klar!« brüllte sie zurück und bleckte die Zähne. »Hab ich. Und als nächstes schneide ich dir die Eier ab!«
Im gleichen Moment wußte er: Sie war es nicht. Nein, eingebildet hatte er sich all diese Dinge auch nicht. Dieter steckte dahinter. Dieter hatte sich rächen wollen, weil er seine schöne Fuckmaschine zerstört hatte. Natürlich, Dieter, das feige Schwein. Das sah ihm ähnlich. Der fürchtete die direkte Auseinandersetzung. Dieter war genau der Typ, der einem die Reifen aufschlitzte oder in den Kaffee spuckte.
Dieter. Der schmierige Lolitazuhälter.
Plötzlich empfand er Ekel vor ihm. Jetzt paßte alles zusammen. Endlich. Sein Verstand erholte sich langsam.
Ich muß mir was einfallen lassen, sonst holt ihr Kerl mich an der nächsten Ampel ein.
Eine freie Strecke. Landstraße.
Stefan Sieberg fuhr nur achtzig. Der Motorradfahrer holte auf. Schon war er neben ihm. Stefan Sieberg drückte seinen Ellbogen gegen die Tür und stieß sie auf.
Das Motorrad fiel sofort um.
Angelikas spitzer Schrei. Schon war die Tür wieder zu. Im

Rückspiegel sah er den jungen Mann über die Straße rollen und dann am Rand liegenbleiben.
Angelika hielt sich die Hände vor den Mund und sah Stefan Sieberg ungläubig an.
»Das kommt davon, wenn man die Heldin spielt.«
Sie schwieg verstört. Weinte still in sich hinein.
So kann ich nicht über die Grenze, dachte er. Er wählte einen einsamen Parkplatz und gab ihr dort drei Tabletten.
»Schluck das.«
»Was ist das?« fragte sie zaghaft.
»Schlaftabletten. Keine Angst. Du stirbst nicht daran.«
Sie schluckte sie ohne Protest mit ein wenig Cola. Dann sank sie wieder auf den Beifahrersitz. Er versorgte seine Kratzwunden im Gesicht. Wegzuschminken waren die nicht, und sie brannten wie Feuer. Aber bald hatte er es geschafft. Bald.

29

Kurz vor der Grenze schlief sie geradezu ohnmächtig. Die Vorsichtsmaßnahme wäre nicht nötig gewesen. Der Zöllner winkte den Wagen einfach durch.
Stefan Sieberg atmete auf.
Doch statt Fröhlichkeit und Erleichterung stellte sich eher ein melancholisches Gefühl bei ihm ein. Er hatte alle Widerstände überwunden. Der Rest war einfach. Das reine Vergnügen, und trotzdem hatte er plötzlich keine Lust mehr, die Sache zu Ende zu bringen. So war es manchmal gewesen, wenn Susanne auf ihm ritt und er tief in ihr steckte. Plötzlich hatte er jede Lust verloren. Das Ganze erschien ihm lächerlich. Langweilig. Unsinnig. Er führte es trotzdem zu Ende. Oder ließ der Sache zumindest ihren Lauf. Weil ein

Ausstieg unmöglich war. Zu viele Rechtfertigungen und Erklärungen gekostet hätte.
Bei Einbruch der Dunkelheit parkte er erneut und schloß das Verdeck. Er parkte direkt vor Atzes Wohnung. Jede weitere Vorsichtsmaßnahme erschien ihm unnötig. Es war dunkel. Angelika Riedel schlief. Er hob sie aus dem Wagen und trug sie in den Hausflur. Er klingelte.
Atze öffnete die Tür einen Spalt, nahm dann die Kette ab und ließ ihn herein. Der Raum war nur spärlich und indirekt beleuchtet.
Stefan Sieberg ging bis zum Sofa durch und ließ den leblosen Körper von Angelika Riedel darauf fallen. Wie auf einem Trampolin hopste er mehrfach auf und ab. Ihr rechter Arm fiel schlapp auf den Boden. Die Handfläche offen. Unter den Nägeln klebten Hautfetzen und Blut.
Atze verriegelte die Tür und legte die Kette wieder vor.
»Hat sie das gemacht?« fragte Atze und zeigte auf Stefan Siebergs Gesicht.
Er nickte sauer.
»Ich brauche jetzt erst ein Bier.«
Aus der dunklen Hälfte des Zimmers flog eine Bierdose heran. Fast hätte Stefan Sieberg sie nicht geschnappt. Doch mit einer unwillkürlichen Reflexbewegung fing er sie auf.
»Da. Sauf.«
Wer war das? Er kannte die Stimme.
»Aber wir hatten doch abgemacht, daß wir zwei allein ...«, empörte sich Stefan Sieberg.
»Reg dich nicht künstlich auf. Setz dich lieber.«
Die Gestalt trat aus der Dunkelheit. Dieter. Fast spielerisch hielt er den Revolver in der Hand. Der Schalldämpfer war mindestens so lang wie der Rest der Waffe.
Dieter schubste den verdutzten Stefan Sieberg in einen Sessel.

»Du hast mir eine Menge Ärger gemacht. Bisher hatte ich ein feines Leben. Ich war ein anerkannter Mann. Wohlhabend. Das Geschäft florierte. Ich habe Tausend pro Ausleihe kassiert. Manchmal mehr. Eine Menge Stammkunden. Und dann kommst du und — buff — alles aus.«
»Was ... was willst du?«
»Wiedergutmachung.« Er wies auf Angelika Riedel.
»Vielleicht kann ich die Kleine ja gut anlernen. Die läßt du mir erst mal hier. Als Ersatz sozusagen. Und dann wirst du ein Geständnis schreiben. Das ist gleichzeitig dein Abschiedsbrief.«
Das Wort »Abschiedsbrief« machte Stefan Sieberg endgültig klar, daß er hier nicht mehr lebend herauskommen sollte. Er saß in der Falle. Der Todesfalle.
Von höhnischem Pastorengelächter begleitet, hallte der alte Satz ihm im Ohr: Wer andern eine Grube gräbt ...
»Du wirst alles gestehen. Ich diktiere es dir. Weißt du, die Bullen pflügen uns die Bude um. Wir müssen ihnen einen Schuldigen liefern, damit die Geschäfte ruhig weitergehen können. Unser schönes Hobby kann Öffentlichkeit nicht brauchen. Das Geständnis eines Perversen und sein spektakulärer Selbstmord werden wie ein erlösendes Schlafmittel wirken. Wir können dann alle wieder in Ruhe unserer Lieblingsbeschäftigung nachgehen. Trink dein Bier, und dann nimm Stift und Papier.«
Dieter griff in seine Tasche und zog einen Strick heraus. Dabei hielt er den Lauf seiner Waffe auf Stefan Sieberg gerichtet.
»Du hast die Wahl. Willst du dich aufhängen, erschießen oder lieber eine Überdosis Schlaftabletten nehmen? Ich persönlich neige zur letzten Lösung.«
Atze räusperte sich.
»Ich löse sie dir in Gin auf.«

Es hörte sich an wie eine Gnade. Dann schob er von hinten den Sessel an einen schäbigen Schreibtisch und knipste eine Glühbirne an.
»Hier. Füller und Papier.«
Dieter hielt den Lauf der Waffe gegen Stefan Siebergs Schläfe. Atze rührte eine Handvoll weißer Tabletten in ein Glas Gin und hielt es Stefan Sieberg hin.
»Persönlich habe ich nichts gegen dich. Aber es muß endlich wieder Ruhe einkehren. Verstehst du?«
Stefan Sieberg nickte. Er griff nach dem Glas. Seine Körperhaltung signalisierte: Hier hockt ein gebrochener Mann. Einer, der aufgegeben hat.
Atze entzog ihm das Glas.
»Erst schreiben.«
Vielleicht wollte er in seinen letzten Sekunden etwas wiedergutmachen, vielleicht auch nur Zeit gewinnen. Jedenfalls sagte er, an Dieter gewandt: »Wenn ihr die Kleine nicht freilaßt, kehrt nie Ruhe ein. Sie hat einflußreiche Eltern. Man wird sie suchen. Ich habe sie nicht einfach auf der Straße aufgegabelt ...«
»Er könnte recht haben ...« bemerkte Atze vorsichtig. Es paßte ihm nicht, daß alles in seiner Absteige stattfand.
Dieter erhöhte den Druck der Waffe gegen Stefan Siebergs Stirn. Aber er nickte.
»Wir lassen sie laufen. Wir schmeißen sie irgendwo in einen Park. Jetzt schreib: Ich, Stefan Sieberg, habe seit Jahren ein Doppelleben geführt.«
Stefan nahm den Füller. Er begann mit zittriger Hand, dann brach er ab und sah von Atze zu Dieter.
»Ihr werdet sie wirklich freilassen?«
Die beiden blickten einander an. Atze zuckte mit den Schultern, verständnislos angesichts von Stefan Siebergs plötzlichem Mitgefühl.

Dieter nickte: »Ja, das werden wir. Du hast uns Schwierigkeiten genug bereitet. Mehr kann unser Kartenhaus nicht vertragen.«
»Versprochen?« fragte er ungläubig.
»Versprochen.«
Eine Träne tropfte von Stefan Siebergs Gesicht auf das Papier. Die Tinte verlief.
»Prima«, sagte Dieter. »Niemand wird an der Echtheit des Briefes zweifeln.«